U0124771

现 代 动 漫 教 程

动漫后期合成教程

- ◉ 主 编 房晓溪
- ◉ 副主编 刘春雷
- ◉ 编 著 房晓溪 马双梅 黄 莹

印刷工业出版社

内容提要

本书详细介绍了影视剪辑艺术、影视剪辑的功能、非线性编辑的特点、基本剪接操作、视频特效制作、字幕添加、音频处理、渲染输出等内容。全书共分十五章，内容丰富、通俗易懂，深入浅出地介绍了动漫后期合成制作的方法和技巧，知识点与操作紧密结合，可切实提高学习者的实践操作技能。

本书取材新颖，内容紧贴学科发展的前沿，既可以作为高等院校动画、数码影视等相关专业的教材，也可作为动漫、数码影视制作人员及广大业余爱好者的专业参考书。

图书在版编目（CIP）数据

动漫后期合成教程／房晓溪主编.—北京：印刷工业出版社，2008.10
现代动漫教程
ISBN 978-7-80000-745-3

Ⅰ．动… Ⅱ.①房… Ⅲ.动画－设计－图形软件 Ⅳ.TP391.41

中国版本图书馆CIP数据核字（2008）第148066号

动漫后期合成教程

主　　编：房晓溪
副 主 编：刘春雷
编　　著：房晓溪　马双梅　黄　莹

策　　划：陈媛媛
责任编辑：刘积英
出版发行：印刷工业出版社（北京市翠微路2号　邮编：100036）
经　　销：各地新华书店
印　　刷：三河市国新印装有限公司
开　　本：787mm×1092mm　　1/16
字　　数：215千字
印　　张：11.75
印　　数：1～4000
印　　次：2008年10月第1版　　2008年10月第1次印刷
定　　价：26.00元
ISBN：978-7-80000-745-3

如发现印装质量问题请与我社发行部联系　发行部电话：010-88275707　88275602

现代动漫教程

编委会名单

主　任：房晓溪

副主任：刘春雷

委　员：潘祖平　周士武　纪赫男　宋英邦　沈振煜

　　　　丁同成　骆　哲　梅　挺　张仕斌　王亦飞

　　　　毓　鑫　杨　猛　张　宇　颜爱国　程　红

现代动漫教程

序

　　21世纪，以创意经济为核心的新型文化产业已经成为当今发达国家的经济发展支柱，而在这个产业队伍中，动画产业异军突起，已经成为和通信等高科技产业并行的极具发展潜力和蓬勃朝气的生力军。相比之下，我国的动画产业存在从业人员数量不足，尤其是中高级的创作型人才更是奇缺；动画作品缺乏鲜明的民族特色；对宝贵的民族文化资源发掘利用不足；动、漫画的自主研发和原创能力相对较低等问题。针对这一现状，国家在政策、资金等方面对动漫创意产业加大扶持力度。不仅推出一批动画产业基地科技园区，还建立了一定数量的民营动画公司大规模参与制作，积极寻找民族化的动画产业振兴之路。全国各地高等院校纷纷成立动画学院和创办动画专业，制订了中长期的人才培养计划，为国产动画创作培养艺术与技术结合的复合型专业人才。尽管如此，动画的理论研究的严重滞后，一定程度上制约了动、漫画作品艺术水平的提高，影响了动、漫画产业化的进程，因此急需一批高质量的动画理论著作进行学理化的规范和对创作实践的指导。

　　《现代动漫教程》在充分认识动画发展历史的基础上，紧密结合创作实际，对动、漫画的本质特征和创作思维特点进行了深入的探讨和研究，清晰梳理了动、漫画理论体系，对动、漫画的创作、教学工作具有一定的指导意义和学术价值。

2008年5月

前 言

　　从好莱坞大片所创造的幻想世界，到新奇有趣的动漫影视作品，无一不是现代后期合成技术的充分体现。几十年来，数字技术全面进入动漫影视制作过程中，计算机取代了原有的动漫影视后期合成设备，并在后期合成制作环节发挥了重大作用。本书详细介绍了影视剪辑艺术、影视剪辑的功能、非线性编辑的特点、基本剪接操作、视频特效制作、字幕添加、音频处理、渲染输出等内容。全书共分十五章，内容丰富、通俗易懂，深入浅出地介绍了动漫后期合成制作的方法和技巧，范例典型，知识点与操作紧密结合，可切实提高学习者的实践操作技能。

　　本书取材新颖，内容紧贴学科发展的前沿，既可以作为高等院校动画、数码影视等相关专业的教材，也可作为动漫、数码影视制作人员及广大业余爱好者的专业参考书。

　　在此对本书所引用的优秀作品插图范例的作者、设计师以及国内外动画公司表示衷心感谢，并敬请阅读本书的师生与广大读者提出宝贵意见。

编　者

2008年10月

目 录
contents

第1章
影视剪辑的由来及定义

本章将从影视创作的三个阶段出发，向读者介绍影视剪辑的由来及其定义。之后给出蒙太奇的定义，并通过实例对蒙太奇手法进行分析说明。

- 影视创作三阶段及剪辑的定义
- 蒙太奇的定义及实例分析

- 了解影视剪辑艺术基本知识
- 掌握实际拍摄制作
- 理解蒙太奇手法

1.1 影视创作三阶段及剪辑的定义

从电影、电视诞生之时开始，剪辑也就随之产生，发展到现在已形成影视艺术中一个成熟的学科门类，在影视创作生产中处于非常重要的第三度创作阶段。

影视艺术创作的第一阶段是文学剧本创作阶段。不管是故事剧情片、纪录片、艺术短片等哪种类型的影视作品，其创作的第一阶段都是文学剧本的创作。这一阶段要将拟拍的内容以文字的形式固定下来，成为指导拍摄制作的依据。这一阶段也是影视艺术创作的源头，很大程度上决定影视作品的质量。影视艺术创作的第二阶段是实际拍摄制作阶段。对于实拍影片来说主要包含导演、摄影、表演、录音、美术等方面的工作，而对于动画片来说，则主要有导演、美术、动画等方面的制作工作。这个阶段主要是根据文学剧本得出的画面分镜头剧本进行实际拍摄和制作，得到表现一定主题思想的原始画面和声音（主要是画面）。图1-1是著名导演卢卡斯在《星战前传1》的分镜头画面上进行标注，图1-2 (a、b) 是《星战前传1》中的两个分镜头，图1-3 (a、b) 是《星战前传1》的镜头画面实际制作过程图。

图1-1 导演卢卡斯在《星战前传1》的分镜头画面上进行标注

图1-2 (a)《星战前传1》分镜头画面1

图1-2 (b)《星战前传1》分镜头画面2

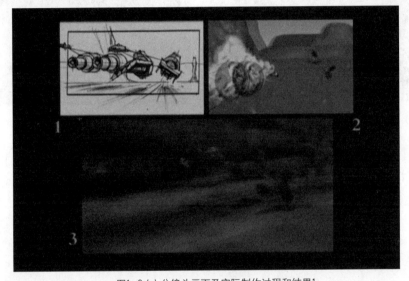

图1-3 (a) 分镜头画面及实际制作过程和结果1

说明：1 表示分镜头绘制稿　2 表示初步制作效果　3 表示最终画面效果（下同）

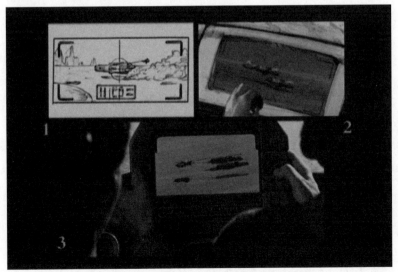

图1-3 (b) 分镜头画面及实际制作过程和结果2

影视艺术创作的第三阶段是剪辑阶段，这是本书要介绍的重点。这一阶段主要是根据分镜头剧本拍摄制作得到的原始画面和声音素材，根据导演总的创作意图和要求，密切结合文学剧本内容，对影视作品进行最后蒙太奇形象的塑造，并形成最终的影视艺术作品。

图1-4（a、b）为《魔戒1》片段实拍素材和完成镜头。

图1-4 (a) 实拍素材（《魔戒1》）   图1-4 (b) 剪辑完成镜头（《魔戒1》）

从上面我们可以看出影视剪辑在影视艺术创作中的地位和重要性，它在影视创作的最后作品形成阶段，对影片内容、结构、节奏、声音等因素应用蒙太奇的手法进行综合的加工和定型，这就是剪辑的定义。

1.2 蒙太奇的定义

蒙太奇 (montage) 来源于法语, 原意是建筑学上表示"安装、组合、构成"的意思, 即将各种单独的建筑材料, 根据一个总的设计蓝图, 分别加以处理并安装在一起, 构成一个整体并实现新的统一功能。

在影视艺术创作中, 蒙太奇则是指根据一定的主题思想, 分别拍摄制作得到相当数量的镜头画面和声音, 再按照原定的创作构思, 把这些镜头画面和声音有机组合在一起, 产生连贯、对比、联想、衬托、悬念、强弱等内容和节奏, 从而形成一部完整的影视艺术作品。这一系列构成形式和艺术手法统称为蒙太奇。简单来说, 蒙太奇在影视创作中可以理解成按照一定视听语言规律而进行的镜头画面有机组合。图1-5 (a~e) 是《魔戒》主人公甘道尔夫骑马到甘多国首都报信的蒙太奇剪辑, 在全面和局部之间、人物和环境之间实现有机结合。

图1-5 (a) 甘道尔夫骑马到甘多国首都城外

图1-5 (b) 甘多国首都城全景

图1-5 (c) 甘道尔夫进入甘多国首都城内

图1-5 (d) 甘道尔夫在城内前行

图1-5 (e) 俯视镜头看到甘道尔夫在城内前行

本章小结

本章从实际影视创作出发，介绍了影视创作的三个阶段，从而引出了影视剪辑的由来及定义。在此基础上，给出了蒙太奇的定义，并通过《魔戒》中的片段对蒙太奇手法进行分析说明。

思考与练习

1. 简述影视创作三个阶段。
2. 简述影视剪辑的定义。
3. 简述蒙太奇的定义和功能。

第2章
影视剪辑的功能

　　为什么要进行剪辑，或者说影视剪辑具体的功能体现在哪些方面呢？这也是在学习后期合成之前需要掌握的内容，本章将对影视剪辑的功能进行深入探讨。

- 影视剪辑功能之一，素材的选择和使用
- 影视剪辑功能之二，按照影视蒙太奇规律确定剪接点
- 影视剪辑功能之三，调整影片结构、把握影片节奏

- 掌握片比、剪接点、影片结构、影片节奏

2.1 素材的选择和使用

对于影视作品的创作工作来说，在拍摄和制作阶段得到的镜头画面素材应该非常充分，在时间、空间和动作等各个内容方面为保证最终作品的质量打下很好的基础。通常电影创作（以美国好莱坞商业片为例）拍摄素材和最终成片长度比例（片比）大约是10：1，就是说在影院里看到一个小时的影片，剧组实际要拍摄10个小时的素材。最近大获成功的大制作影片《魔戒》系列，片比更是达到惊人的150：1，大量的拍摄素材成为最终经典画面的重要保证。

这么多的素材，最后究竟要使用哪些而舍弃哪些呢？这就得根据影片主题和剧情需要了，在《魔戒》首部曲的剪辑内幕中我们可以从创作伟大作品的大师们口中得到他们的经验和感受。图2-1(a～g)是《星战前传1》中完全未使用的一段镜头，主人公登岸过程的气氛较为幽默，与危险的情势不符合，导演不得不完全舍弃。

图2-1 (a) 飞船降落到湖面

图2-1 (b) 主人公打开飞船　　　　图2-1 (c) 主人公准备逃离飞船　　　　图2-1 (d) 主人公逃离飞船

图2-1 (e) 主人公继续逃离飞船　　　　图2-1 (f) 飞船坠落瀑布　　　　图2-1 (g) 飞船坠落到底

2.2 按照影视蒙太奇规律
确定剪接点

我们在进行剪辑的时候,镜头的起始位置和结束位置(画面)称为剪接点。剪接点是一个镜头的开始和结束,也是两个镜头之间的边界,因此,剪接点的确定成为影视蒙太奇手法中至关重要的因素。在确定剪接点的时候要注意以下几个方面的问题:

- 动作的连续性
- 语言的连续性
- 情绪的连续性
- 镜头景别的变化
- 镜头运动的变化
- 镜头时空的变化

图2-2 (a~c) 是经过精心剪辑的大片《魔戒1》中的片段,剪接点的精心选择能够保证叙事的连贯。

图2-2 (b) 精灵国王

图2-2 (a) 护戒团队成员全体

图2-2 (c) 护戒团队部分成员

2.3 调整影片结构、把握影片节奏

图2-3 (a) 参赛选手

图2-3 (b) 参赛选手准备比赛

一部影视作品和我们人一样是一个有机的整体,人的身体比例对于人的美观来说非常重要,而影片结构对于影片的艺术性和思想性同样至关重要。剪辑工作就是要按照起承转合的艺术叙事规律,最终调整全片整体结构。影片(画面)节奏是表达影片主题、传递影片信息、影响观众心理的重要手段,剪辑工作在调整好影片整体(段落)结构的同时,也要从影片主题、画面风格以及观众心理的需要出发,剪出很好的节奏。

《星战前传1》中的飞艇比赛场面非常精彩,但为了影片整体结构的需要做了大量删减,完成片的节奏感也非常好,读者可以作为很好的参考资源。图2-3 (a~e) 是《星战前传1》赛飞艇片段中删去的部分镜头画面(太冗长,且与全片关系不大)。

| 图2-3 (c) | 图2-3 (d) |
| 图2-3 (e) | |

图2-3 (c) 观众
图2-3 (d) 大批观众
图2-3 (e) 裁判员

本章小结

本章结合经典影片实例介绍了影视剪辑的三大功能，篇幅不是很长，内容也不是很多，但其中包含了影视剪辑艺术最为核心的内容，希望读者结合影片观摩，并在以后的创作实践中用心体会。

思考与练习

1. 简述影视剪辑三大功能。
2. 观摩本章提到的相关影片，分析其中典型片断，体会影视剪辑的功能。

第3章
影视制作技术概况

本章主要介绍影视创作三个阶段中的具体方法和相关设备。

- 前期准备阶段
- 实际拍摄阶段
- 后期制作阶段

- 了解电影摄影机、电视摄像机、DV摄像机
- 掌握传统电影剪辑、传统电视剪辑方法

3.1 前期准备阶段

　　影视节目的制作是一个相当复杂的过程。由于影视节目本身的多样化，从耗资巨大的电影制作到个人制作的家庭录像，可以说是有天壤之别。虽然这些节目的使用意图、配给的预算、投入人力物力都有很大区别，但其制作过程却有相当的共同之处，如前所述，影视节目的制作可以分为前期准备、实际拍摄和后期制作三个阶段。

　　前期准备是计划和准备阶段。对于电影故事片来说，这个过程多半是从电影剧本开始，然后是制订预算、筹集资金、选定拍摄地点、挑选演员、组成摄制组、进行画面场景、角色设计等一系列复杂过程。而对于个人制作者来说，这也许不过是突发奇想，然后拿起自己的摄像机，拍摄自己想拍的事。图3-1(a~b)是《星战前传1》的前期设计稿。

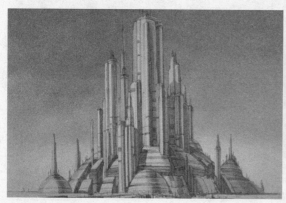

图3-1 (a)《星战前传1》前期设计稿 (黑白)

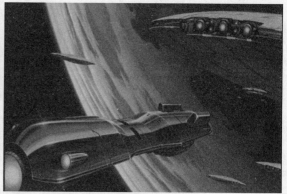

图3-1 (b)《星战前传1》前期设计稿 (彩色)

3.2 实际拍摄阶段

实际拍摄阶段就是利用摄影机或摄像机记录画面的过程。这时拍摄的素材可以说是构造最终完成片的基石。根据不同的设计和预算可以使用电影摄影机、电视摄像机（高清/标清）或DV摄像机等拍摄设备，如图3-2、图3-3和图3-4所示。

图3-2 德国阿莱（ARRI）电影摄影机

图3-3 日本索尼（SONY）专业数字摄像机DVW-790WSP

　　尤其值得一提的是，现在数字DV技术发展非常迅速，已达到较为成熟的水平，JVC和SONY公司都已经开发出高清标准的数字DV摄像机，如图3-5所示。

图3-4 日本索尼（SONY）专业DV摄像机10P　　　　　图3-5 日本JVC公司高清数字DV摄像机

　　同时DV还具备与生俱来的1394传输标准，这样DV录像带的信号和数字非线性编辑设备之间通过一个非常便宜的1394数字卡就可以实现高质量图像的输入、输出，性价比非常好，越来越多地应用在实际制作中，对于教学来讲也是较好的解决方案（关于高清、标清、DV的概念和实际应用在后面将进行详细讨论）。

3.3 后期制作阶段

当主要的拍摄工作完成后，就是后期制作阶段。传统上在这个阶段的主要工作就是剪辑，即把拍摄阶段得到的散乱的素材剪辑成为完整的影片。一般在电影的摄制过程中，实际拍摄的素材是最终剪辑完成的影片长度的数倍甚至数十倍。剪辑师要从大量的素材中挑出最满意的素材并把它们按适当的方式组织在一起。后期制作还包括声音的制作与合成。一般只有到这个阶段，当多余的素材已经删掉，镜头已经组接在一起，画面和声音已经同步，才可以看到影片的全貌。因为影片的大量信息和含义，并不是包含在某一个镜头的画面中，而正是包含在画面的组接方式中，包含在画面与声音的关系中。毫不夸张地说，影视艺术很大程度上正是表现在后期制作之中的。下面讨论传统的电影剪辑和电视剪辑技术。

1. 电影剪辑（传统）

拍摄得到的底片经过冲洗，要制作一套工作样片，利用这套样片进行剪辑。剪辑师从大量的样片中挑选需要的镜头，用剪刀将胶片剪开，再用胶条或胶水把它们粘在一起，然后在剪辑台上观看剪辑的效果。这个剪开、粘上的反复过程要不断地重复直到最终得到满意的效果。这个过程直到现在仍然很常见。虽然看起来很原始，但这种剪辑却是真正非线性的。剪辑师不必从头到尾顺序地工作，因为他可以随时将样片从中间剪开，插入一个镜头，或者剪掉一些画面，都不会影响整个片子。但这种方式对于很多技巧的制作是无能为力的，剪辑师无法在两个镜头之间制作一个叠画，也无法调整画面的色彩，所有这些技巧都只能在洗印过程中完成。同时剪刀加浆糊式的手工操作效率也很低。图3-6是传统的电影剪辑设备。

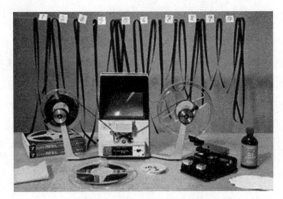

图3-6 传统电影剪辑设备

2. 电视剪辑/编辑 (传统)

传统的电视剪辑则是在编辑机上进行的。编辑机通常由一台放像机和一台录像机组成，剪辑师通过放像机选择一段合适的素材，然后把它记录到录像机中的磁带上，然后再寻找下一个镜头。此外，高级的编辑机还有很强的特技功能，可以制作各种叠画和过渡，可以调整画面颜色，也可以制作字幕等。但是由于磁带记录画面是顺序的，无法在已有的画面之间插入一个镜头，也无法删除一个镜头，除非把这之后的画面全部重新录制一遍。所以这种编辑叫做线性编辑，它给编辑人员带来了很多限制。图3-7 是便携式视频编辑机。

图3-7　便携式视频编辑机

可以看到传统的剪辑手段虽然各有特点，但又都有很大的局限性，大大降低了剪辑人员的创造力，并使宝贵的时间浪费在烦琐的操作过程中。基于计算机的数字非线性编辑技术使影视剪辑手段得到很大的发展。这种技术将素材记录到计算机中，利用计算机进行剪辑。它采用了电影剪辑的非线性模式，但用简单的鼠标和键盘操作代替了剪刀加浆糊式的手工操作，剪辑结果可以马上回放，所以大大提高了效率。同时它不但可以提供各种编辑机所有的特技功能，还可以通过软件和硬件的扩展，制作出编辑机也无能为力的复杂特技效果。数字非线性编辑不仅综合了传统电影和电视编辑的优点，还对其进行了进一步发展，是影视剪辑技术的重大进步。从20世纪80年代开始，数字非线性编辑在国外的电影制作中逐步取代了传统方式，成为电影剪辑的标准方法。而在我国，利用数字非线性编辑进行电影剪辑还是近几年的事，但发展十分迅速，目前大多数导演都已经认识到其优越性，也越来越多地应用到自己的创作中。

本章小结

本章向读者介绍了影视创作三个阶段中的具体制作方法和相关设备，以及传统的电影、电视后期剪辑方法。通过本章内容的学习，读者应该对影视创作的三个阶段更为熟悉，尤其应该了解和掌握传统的影视后期剪辑方法。当今最新的数字非线性编辑技术也是建立在传统的剪辑基础之上，其中很多的剪辑思路和概念都是相通的。

思考与练习

1. 进一步认识影视创作的三个阶段。
2. 参观电影厂和电视台的相关工作室，理解传统影视后期剪辑的方法和手段。

第4章
数字非线性编辑技术基础

主要内容

本章主要结合实际的影视制作状况，就数字非线性编辑中的若干基本概念进行介绍。

- 线性与非线性
- 采集与压缩比

本章重点

- 脱机编辑与联机编辑
- 分量信号与复合信号
- 时码

本章目标

- 理解线性、非线性、采集、压缩片等概念
- 掌握脱机编辑、联机编辑、分量信号、复合信号等内容
- 了解高清、标清、DV、时码

4.1 线性与非线性

这里线性 (Linear) 与非线性(Non-linear)与一般数学、物理上的线性变化、非线性变化的含义完全不同。这里线性和非线性的概念主要是从视/音频信息存储的方式出发来区别的。

线性 (Linear) 是指连续的磁带存储视/音频信号的方式，信息存储的物理位置与接受信息的顺序是完全一致的——录在前面的信息存储在磁带开头，录在后面的信息存储在磁带末端，这就是"线性"的概念，基于磁带的编辑系统则称为线性编辑系统。日本SONY专业Betacam录像带就是专业存储线性视/音频信号的硬件载体，如图4-1所示。

图4-1 SONY专业数字录像带

而现代"非线性"的概念是与"数字化"的概念紧密联系的。"非线性"(Non-linear) 是指用数字硬盘、磁带、光盘等介质存储数字化视/音频信息的方式，非线性表达出数字信息的储存的特点——信息存储的位置是并列平行的，与接收信息的先后顺序无关。这样，便可对存储在硬盘 (或其他介质) 上的数字化视/音频素材进行随意的排列组合，改变其地址指针而与其存储的物理位置

图4-2 现代数字记录设备

无关，如果操作中出现问题，又可以很方便地进行修改。这就是"非线性"编辑的巨大优势。现代数字记录设备主要有硬盘、光盘等，如图4-2所示。

专业指点：

现在的IDE硬盘速度和稳定性都非常不错，价格也非常便宜，在当今的教学和制作中越来越多地使用了IDE硬盘（以前主要使用SCSI硬盘）。

目前市面上集数据CD、DVD、CDRW（刻录）为一体的Combo光驱价格也非常便宜，是进行非线性编辑很好的硬件工具。

4.2 采集与压缩比

在对视/音频信号进行非线性编辑处理之前,首先必须将模拟(包括数字)的视/音频信息转化为计算机数字信号存储到计算机硬盘中,这个过程称为采集,又叫素材数字化。采集过程其实是一个模数(数数)转换的过程。对于视频信号来说,一般是以YUV模式(Y是亮度信号,UV是色差信号)分三路进行模数转换,而视频信号的这三个分量的模数转换是分别进行的,这又涉及一个采样格式的概念,专业级SONY Betacam录像机的分量输入输出接口如图4-3所示。

现在也有数字格式录像带,其数字视/音频信号通过一根信号线(BNC)就可以直接进入计算机,图像没有损失,所以现在应用非常广泛,只是在录音和播出时通常还是采用模拟格式的录像带。

采样格式是指Y、U、V三种信号采样速率的比率,目前有4:4:4、4:2:2、4:1:1、4:2:0(DV压缩标准)等。

其中4:4:4方式是指Y、U、V三种信号采用相同的采样速率,而其他几种方式则是利用人眼对亮度信号(Y)敏感而对色度信号(UV)不敏感的特点,降低色差信号的采样频率以提高采集效率。

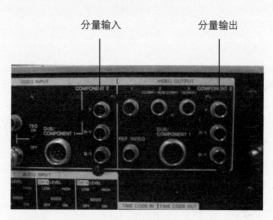

分量输入　　　　分量输出

图4-3 SONY 75P专业录像机分量输入输出接口图

模拟视/音频信号采集到计算机中,如不进行压缩,其数据量是非常大的。如果采用无压缩比的采集和存储方法,1G硬盘只能存不到50秒的视频素材。要解决这一问题,只有采用图像压缩技术,这里就涉及另一重要的概念——压缩比。

图像压缩可以分为两大类,有损压缩和无损压缩。我们如果使用无损压缩的方法,数据压缩之后再解压,可以得到没有损失的原始图像。但这种压缩方法的压缩效果不大,没有太多的实际意义。而有损压缩时,解压后的图像相对于原始图像来说画质有降低,信息有一定损失,但其误差并不太多,人们往往都不能觉察出来,而且能获得较大的压缩比。

至此,我们可以得出压缩比的概念:数字化视频信息压缩前后文件大小(信息量)的比率。

目前非线性编辑系统中应用较为广泛的是(M-JPEG)有损压缩算法。M-JPEG采用帧内压缩,符合视频编辑逐帧进行的要求,对称式压缩分解压缩结构,编解码可用相同的软、硬件实现,算法简单,运算速度快,编辑精确到帧,这就成为广泛运用于非线性编辑系统的原因。M-JPEG压缩比与硬盘存储的关系如表4-1所示。

表4-1 M-JPEG压缩比与硬盘存储的关系

压缩比	模拟视频质量	1G硬盘容纳素材时间(PAL制)
1:1	D1(无压缩)	49秒
2:1	数字Betacam,D5	1分37秒
5:1~8:1	Betacam-SP,M2	4分~6分30秒
10:1~15:1	专业S-VHS	8~12分
20:1	U-matic 高带	16分
30:1~40:1	VHS	24~32分

人们往往对压缩存在一种误解,认为只要有压缩,图像质量必然会下降。其实不然,压缩主要是从两个角度出发进行的,其一是利用图像的统计特性进行压缩,去掉表示冗余信息的数据;其二是从人眼的视觉特性出发进行压缩,对人眼不太敏感的信息用较小的数据量表示,即使存在一定的损失,人眼都觉察不到,这样从人的视觉出发,图像也可以认为是完全没有损失。

同一标准下存在多种实际的编码解码软件。

值得注意的是,MPEG是一种不对称的压缩算法,压缩的计算量比解压缩要大得多,所以压缩常用硬件进行,而解压缩硬、软件皆可。由于MPEG压缩形成的数字视频不具备帧的定位功能,因此无法对其进行编辑处理。因此,我们在非线性编辑的处理过程中,一般是通过AVI格式进行操作,最后再转换成MPEG文件。在后面具体软件操作的学习中我们也将专门对如何制作VCD、DVD进行学习,如表4-2所示。

表4-2 VCD、DVD图像文件对比

文件格式 对比项目	VCD图像文件(PAL制)	DVD图像文件(PAL制)
压缩方式	MPEG-1	MPEG-2
文件类型	*.mpg,*.dat等	*.mpg,*.mpa,*.vob等
图像尺寸	352dpi×288dpi等	720dpi×576dpi等
文件大小(1小时)	约600M	约4~6G

4.3 脱机编辑与联机编辑

在非线性编辑过程中"脱机"（Off-line）和"联机"（On-line）也是经常使用的概念。

脱机编辑又称为离线编辑，主要是指采用较大压缩比（如100：1）将素材采集到计算机中，按照脚本要求进行编辑操作并得到记录编辑信息的EDL表（Edit Decision List，编辑决定表）。

联机编辑又称为在线编辑，是以最小压缩比（如1：1、2：1等）将存在EDL表的软盘插入编辑控制器内，控制广播级录像带（Beta带）按EDL表进行广播级成品带的编辑。从联机编辑的概念可以看出，联机编辑是线性编辑的过程，其涉及的素材数量较小，图像质量较高，可以得到广播级质量的最终产品。而脱机编辑是为了得到指导联机编辑动作的EDL表，两者相互配合，密切联系，大大地提高了工作效率，降低了工作成本，缩短了工作时间。

后面在具体的软件学习中将会介绍具体的操作。图4-4是一个简单的EDL表。

```
TITLE: SEQUENCE1
FCM: NON-DROP FRAME
001  UND001   V       C          00:00:00:00 00:00:01:16 01:00:00:00 01:00:01:16
REEL UND001 IS CLIP A.0000.JPG
002  UND002   V       C          00:00:00:00 00:00:00:09 01:00:01:16 01:00:02:00
REEL UND002 IS CLIP AB1.JPG
003  UND001   V       C          00:00:00:00 00:00:01:05 01:00:02:00 01:00:03:05
003  UND004   V       D    011   00:00:00:00 00:00:02:16 01:00:03:05 01:00:05:21
EFFECTS NAME IS CROSS DISSOLVE
REEL UND001 IS CLIP A.0000.JPG
REEL UND004 IS CLIP GA.0000.JPG
004  UND004   V       C          00:00:02:16 00:00:02:16 01:00:05:21 01:00:05:21
004  UND003   V       D    012   00:00:00:00 00:00:05:13 01:00:05:21 01:00:11:09
EFFECTS NAME IS CROSS DISSOLVE
REEL UND004 IS CLIP GA.0000.JPG
REEL UND003 IS CLIP GB.0000.JPG
005  UND004   V       C          00:00:00:00 00:00:02:13 01:00:11:09 01:00:13:22
005  UND005   V     W008 016     00:00:00:00 00:00:04:21 01:00:13:22 01:00:18:18
EFFECTS NAME IS BAND WIPE
REEL UND004 IS CLIP GA.0000.JPG
REEL UND005 IS CLIP GC.0000.JPG
006  UND005   V       C          00:00:04:21 00:00:04:21 01:00:18:18 01:00:18:18
006  UND001   V     W008 012     00:00:00:00 00:00:03:00 01:00:18:18 01:00:21:18
EFFECTS NAME IS BAND WIPE
REEL UND005 IS CLIP GC.0000.JPG
REEL UND001 IS CLIP A.0000.JPG
```

图4-4 一个简单的EDL表

4.4 分量信号与复合信号

在非线性编辑过程中，模拟视频既可通过YUV分量输入计算机，也可以通过复合视频的形式输入计算机。同样计算机也可以以分量与复合两种方式输出数字视频文件。这里就涉及分量信号与复合信号的概念。

我们知道，在现实中的各种颜色都可分解成RGB（红、绿、蓝）三原色，而在视频领域，一般又将RGB信号分为两大部分：一是亮度部分Y，它是控制图像亮度的单色视频信号；二是色度部分，它只包含两个色差信号B−Y和R−Y。对于PAL制的视频信号，压缩后的色差信号用U、V来表示，它们与RGB信号关系如下：

$$Y=0.39R+0.5G+0.11B$$
$$U=B-Y$$
$$V=R-Y$$

这样，我们就得到视频信号的YUV分量。我们在非线性编辑的过程中经常用到这三个分量信号与计算机之间的输入输出。一般来说，用分量信号来进行非线性编辑的输入输出，其损失的信息量小，图像保真率高。

此外，我们在用录像带、VCD机等与监视器（电视）连接时，只用一个视频信号（Video），这个信号就是复合信号（Composite Video）。其实复合信号是由分量信号YUV先转化成Y/C（S-Video）分量信号，再进一步转化而得到的，所以输出的质量较低，图像画质损失较大。但根据不同的场合不同的需要，我们可以方便地选择分量信号和复合信号进行处理。图4-5是专业监视器分量和复合信号接口。

图4-5 专业监视器（Sony）的分量（Component）+
复合(Composite)+ Y/C (S-Video) 信号接口

4.5 高清晰度、标准清晰度电视和DV

4.5.1 高清晰度、标准清晰度电视

电视按清晰度可以分为低清晰度电视（图像水平清晰度大于250线）。

标准清晰度电视（图像水平清晰度大于500线），即"标清"（目前我们的NTSC和PAL都是标清制式）。

高清晰度电视（图像水平清晰度大于800线），即"高清"。

按信号处理方式又分为模拟电视与数字电视。数字电视与模拟电视相比有很多的优点，如没有雪花、重影，色彩逼真，可以多声道等。

在现代电视技术中，"高清"都是由数字电视来实现，因此通常人们所说的"高清"与"数字"电视的概念有着不可分割的联系。

高清晰度电视（HDTV）不仅可以观赏高清晰画面，领略逼真的音质和真正的环绕音效，而且还可以实现自由点播节目、可以自己控制视频效果、可以充分享受交互式服务，得到极大的享受。因此，高清数字电视的发展前景是非常广阔的。

高清数字电视主要标准有：

以美国为代表的ATSC

以欧洲为代表的DVB-T

以日本为代表的ISDB-T（由DVB-T衍生出来）

各种标准的具体参数我们不用关心，对于观众和节目制作来说，高清数字电视我们主要关心的指标是分辨率、宽高比、刷新频率及扫描方式，目前有以下几种。

第一种为1080i

分辨率：1920×1080

画面宽高比：16：9

刷新频率：25f/s

扫描方式：隔行扫描

第二种为1080P

分辨率：1920×1080

画面宽高比：16∶9

刷新频率：50f/s

扫描方式：逐行扫描

第三种为720p

分辨率：1280×720

画面宽高比：16∶9

刷新频率：60f/s

扫描方式：逐行扫描

声音采用5.1声道环绕声，这样的质量甚至比（拍电视节目常用的）16mm胶片的数字化质量更高，当然距离35mm电影胶片的质量还有一定距离。它既可以作为数字电视形式放映（用硬盘播出，从而节省了大量昂贵的胶片，而且可以多次放映，不会损耗），甚至可以取代胶片；另外也可以向下转换成"标清"电视节目播出，还可以做成DVD等。图4-6 (a~d) 是国产高清武侠电视剧《射雕英雄传》的几个精彩画面。

图4-6 (a)《射雕英雄传》画面一

图4-6 (b)《射雕英雄传》画面二

图4-6 (c)《射雕英雄传》画面三

图4-6 (d)《射雕英雄传》画面四

标清电视 (SDTV) 现在流行的标准主要是NTSC和PAL制。

PAL制

分辨率：720×576 (不止一种)

画面宽高比：4∶3

刷新频率：25f/s

扫描方式：隔行扫描

NTSC制

分辨率：720×480 (不止一种)

画面宽高比：3∶2

刷新频率：30f/s

扫描方式：隔行扫描

图4-7是PAL制电视节目，图4-8是NTSC制电视节目。

图4-7 我国电视节目都是PAL制

图4-8 多数国外节目 (DVD) 都是NTSC制

4.5.2 DV技术

DV技术自诞生发展到现在已经非常成熟，主要是基于标清视频进行M-JPEG有损压缩并进行记录的技术，主要有以下两种标准。

PAL制DV

YUV压缩方式：4∶2∶0

NTSC制DV

YUV压缩方式：4∶1∶1

DV这样的压缩方式可以以较小的图像文件获得较好质量的图像，DV数字图像得到之

图4-9 卡通动画输出成DV图像质量较好，
文件大小约为200～400M/min (PAL制)

后，通过IEEE 1394标准无损地传递到计算机中进行编辑处理，完成后同样能够无损地输出到DV录像带上（数字到数字），如图4-9所示，卡通动画输出成DV图像质量较好。

IEEE 1394技术解析：

1995年美国电气和电子工程师学会(IEEE)制定了IEEE 1394标准，它是一个串行接口，但它能像并联SCSI接口一样提供同样的服务，同时成本低廉。它的特点是传输速度快，现在确定为400Mb/s，以后可望提高到800Mb/s、1.6Gb/s、3.2Gb/s，所以传送数字图像信号也不会有问题。用电缆传送的距离现在是4.5m，有望扩展到50m。目前，在实际应用中，当使用IEEE 1394电缆时，其传输距离可以达到30m；而在使用NEC研发的多模光纤适配器时，使用多模光纤的传输距离可达500m。在2000年春季正式通过的IEEE 1394-2000中，最大数据传输速率可到1.6Gb/s，相邻设备之间连接电缆的最大长度可扩展到100m。

IEEE 1394标准的前身是1986年由苹果电脑(Apple)公司起草的。苹果公司称之为火线(FireWire)并注册为其商标。而Sony公司称之为i.Link。德州仪器公司则称之为Lynx。实际上，上述商标名称都是指同一种技术，即IEEE 1394。

FireWire完成于1987年，1995年被IEEE定为IEEE 1394-1995技术规范，在制定这个串行接口标准之前，IEEE已经制定了1393个标准，因此将1394这个序号给了它，其全称为IEEE 1394，简称1394。因为在IEEE 1394-1995中还有一些模糊的定义，后来又出了一份补充文件P1394a，用以澄清疑点、更正错误并添加了一些功能。除此之外，还通过P1394b讨论增加新功能的接口标准。作为一个工作组标准，P1394b是一个高传输率与长距离版本的IEEE 1394，它的单信道带宽为800Mb/s。在这一方案中，一个重要的特性是，在不同的传输距离与传输速率下可以使用不同的传输媒介。

网络设备经数字接口进行信号交换。当连接多台机器时，由于存在音频、视频、控制等各种各样的信号，所以接口的信息传输方式、传输速度、传输容量、可带机器的数量、可接电缆的长度等，是要考虑的主要方面。现在世界上虽然有IEEE 1394、通用串行总线(USB)等多种数字接口，但用上述标准衡量，最受重视的仍是IEEE 1394。

IEEE 1394作为一个工业标准的高速串行总线，已广泛应用于数字摄像机、数字照相机、电视机顶盒、家庭游戏机、计算机及其外围设备。更新一代的产品如DVD、硬盘录像机等也将使用IEEE 1394。其在数字视/音频消费市场的广泛应用，为家用市场甚至专业市场开辟了全数字化拍摄到制作环境。IEEE 1394接口已经在一些厂家的摄录机中使用，如Sony 推出的DVCAM系列摄录设备，松下公司推出的DVCPRO25系列设备。其他厂家也相应推出各自的摄像机产品，将1394接口的应用推向新的高度。

4.6 时码

为确定视频素材的长度及每一帧画面的时间位置，以便在播放和编辑时对其加以精确控制，现在国际上采用SMPTE时间代码来给每一帧视频图像编号，这就是时码。SMPTE时码的表示方法如图4-10所示。

时码=小时 (h)：分 (m)：秒 (s)：帧 (f)

图4-10 专业录像机的时码显示

这样，一条时码为00：01：30：20的素材，表示长度为1分30秒20帧。不同的视频制式对应的帧速率不同。

NTSC制采用29.97的帧速率，图像分辨率为720×480，为便于操作，其时码仍然采用30帧/秒的帧速率，其结果造成实际播放时间与测量长度之间有0.1%的差异。因此，对于NTSC制式视频还采用一种Drop Frame（掉帧）时码，它在每分钟的计数中会自动去掉两帧，而每10分钟内有9分钟这样计算，余下1分钟则不去掉帧。

PAL制视频（图像分辨率为720×576）则不存在这种情况。通常时码在磁带上有两种编码方式：纵向编码（LTC）和垂直间隔编码（VITC），这里不再详述，但编辑的时候一定要注意正确的设置。

本章小结

本章主要介绍了数字非线性编辑技术基础知识，这些知识是我们以后学习和应用数字非线性编辑系统和软件的基础，在将来的学习和制作中有相关的问题都可能在本章内容中找到答案，希望读者认真学习并掌握。

思考与练习

1. 理解掌握非线性编辑的几个基本概念及实际应用：

    线性和非线性

    采集和压缩比

    脱机和联机

    分量信号与复合信号

    高清、标清和DV

    时码

2. 了解DV技术的相关知识：

    IEEE 1394技术解析

    1分钟的DV视频数据量

    DV的两种不同压缩方式

第5章
非线性编辑系统组成
及工艺流程

本章将讨论影视非线性编辑系统的各个组成模块和制作工艺流程。

- 非线性编辑系统组成
- 不同平台的非线性编辑系统
- 影视非线性编辑工艺流程

- 了解Windows平台、苹果平台、Unix平台
- 掌握非线性编辑系统、电影制作工艺流程、电视制作工艺流程

5.1 非线性编辑系统组成

非线性编辑系统（Non-linear Editing System）简称NLE，是使用硬盘存储媒质进行编辑的数字化视音频后期编辑系统。一般来说，非线性编辑系统由以下几个部分组成，如图5-1所示，具体硬件连接如图5-2所示（以Avid Xpress DV系统为例）。

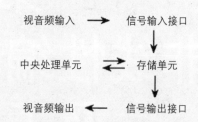

图5-1 非线性编辑系统进行编辑操作的基本组成部分

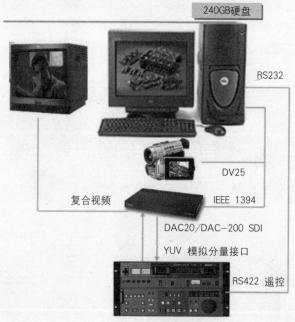

图5-2 非线性编辑系统实际构成图（能够满足从DV到专业的系列制作）

5.2 不同平台的非线性编辑系统

随着计算机图像技术的发展，各种新型的非线性编辑系统层出不穷。一般来说，我们按硬件平台的不同为常见的非线性编辑系统作如下分类。

1.基于PC机Windows平台的非线性编辑系统

这类系统以Intel 、AMD等公司生产的CPU为核心，型号及配置都非常多样化，价格比较便宜，兼容性好，发展速度很快。运行PC平台上的非线性编辑软件也层出不穷，诸如Adobe Premiere、Edit等。近来随着计算机硬、软件技术的不断发展，以前很多在MAC和Unix平台上的高端非线性编辑软件也移植到Windows平台上，比如Avid公司的Media Composer和DS等系列产品（DS系统将在后面介绍），就是建立在Windows平台上功能非常强大的非线性编辑系统，如图5-3所示。

图5-3 Avid公司的Media Composer系统是建立在Windows平台上的高端非线性编辑系统

2.基于苹果（MAC）平台的非线性编辑系统

最新的是苹果公司（Apple）推出自己开发的非性线编辑系统——Final Cut Pro，和Pinnacle(品尼高)及AJA等第三方硬件板卡厂商一起，可以支持"高清"、"标清"和DV等全系列视频编辑，同时还支持电影胶片（24P）的编辑，功能非常强大，如图5-4所示，该系统充分吸收先前的技术优势，现在已经非常成熟。

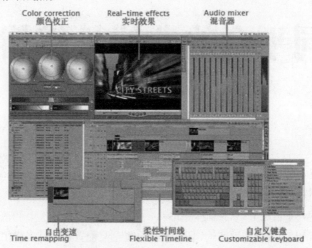

图5-4 基于苹果（Mac OS）平台的Final Cut Pro非线性编辑系统

传统的以美国Avid公司的Media Composer系列和 Data Translation公司的 Media 100等为代表，在非线性编辑技术发展的早期应用较为广泛。发展到现在，其专业性、易用性、兼容性都比较好，工作效率高、操作简便，配置有高档的图像采集卡及功能强大的3D特技箱，目前在专业制作领域仍占有相当地位。

3.基于Unix平台的非线性编辑系统

Discreet公司推出的在Unix图形工作站上的Fire/Smoke非线性编辑系统，这种系统的图形处理及动画功能较为强大，在编辑功能之外具有较为强大的合成功能，硬件的图像性能及稳定性非常好。如图5-5所示，该系统是建立在Unix平台上的高端系统。

图5-5 Discreet公司的Fire/Smoke非线性编辑系统

5.3 影视非线性编辑工艺流程

剪辑过程将在后面的内容中从基于PC平台的Adobe Premiere Pro非线性编辑系统为例进行详细讨论。决定非线性编辑速度及质量的,硬件方面主要是计算机CPU的运算速度以及采集卡上专用图形处理器的运算速度及压缩比。

除了处理录像带上的模拟视/音频信号,非线性编辑还广泛应用于电影剪辑领域。与磁带的电磁信号记录方式不同,电影采用的是胶片媒质的光学记录方式,这样就决定了对于电影的非线性剪辑具有特定的工艺流程,如图5-6所示。

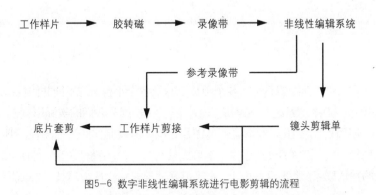

图5-6 数字非线性编辑系统进行电影剪辑的流程

现代电影电视制作工艺流程具体如图5-7、图5-8所示。

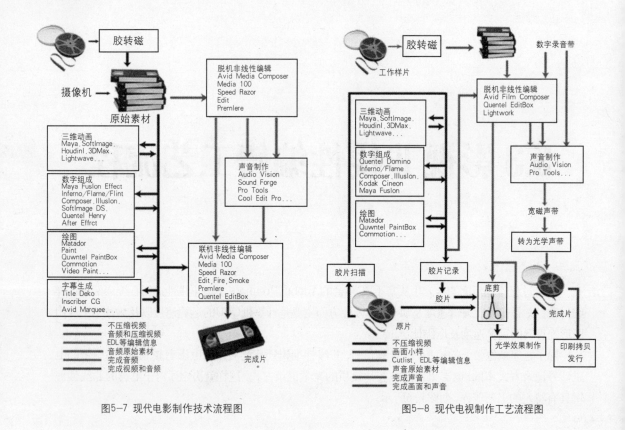

图5—7 现代电影制作技术流程图   图5-8 现代电视制作工艺流程图

本章小结

本章首先介绍了非线性编辑系统的各个组成部分及各个平台上的不同非线性编辑系统。从本章开始，读者就应该更为关注"系统"，而不是"软件"这个词，因为我们的实际影视制作都是由系统完成的，而不是单纯靠软件完成的。本章还通过图片介绍了影视制作的工艺流程，可以看出数字非线性编辑技术在现代影视制作中所处的位置，是形成最终作品的关键性阶段，同时与前期拍摄和声音制作存在有机的密切联系。掌握这些内容，才能很好地学习非线性编辑技术，也能更好地从事实际的影视创作。

思考与练习

1. 理解非线性编辑系统的组成。

2. 了解不同平台的非线性编辑系统。

3. 了解影视制作完整的工艺流程。

第6章
Premiere Pro软件概述

本章将详细介绍Adobe Premiere Pro的具体功能特点和工作界面。

- Premiere Pro实时编辑特性
- Premiere Pro其他编辑特性
- Premiere Pro工作界面
- 系统配置及软件安装

- 了解Premiere Pro的工作界面

6.1 Premiere Pro实时编辑特性

Premiere Pro具有革命性的改进在于实时编辑的特性，在展开讨论之前先了解一下实时编辑和非实时编辑的区别。

6.1.1 非实时编辑

由于数字非线性编辑的处理过程实际上是对硬盘上记录的数字图像文件进行运算处理的过程，因此对于素材的编辑工作（主要是视频滤镜、过渡效果、校色、字幕等图像处理）大多需要通过软件进行计算（渲染）才能看到编辑的结果，这就是非实时编辑。如图6-1所示，在Premiere 6.0中，对一段素材加上Blur（虚化）效果，需要保存Project文件后，按Enter（回车）键进行计算才能看到虚化结果。

图6-1 非实时预览需要渲染过程

6.1.2 实时编辑

与非实时编辑相反,随着Premiere Pro在软件图像处理性能方面的很大改进,对素材进行的视频滤镜、过渡效果、校色、字幕等编辑工作,可以在Monitor(监视器)窗口中直接播放看到结果,如图6-2所示。

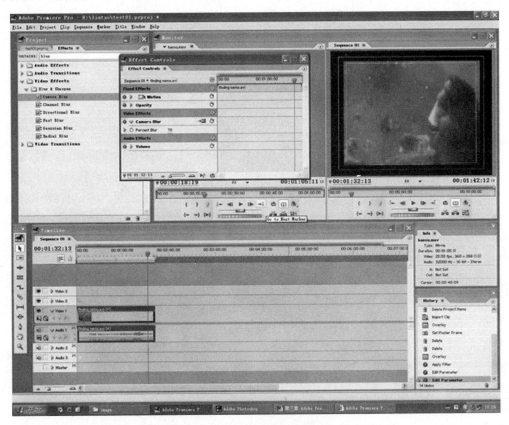

图6-2 实时预览不需要渲染过程

Premiere Pro的实时编辑功能主要表现在以下几个方面:

视频音频特效(Effects)

运动特效(Motion)

字幕(Title)

校色(Color Correction)

下面分别对它们作进一步介绍。

1. 视频音频特效

单击Premiere Pro的菜单Window->Effects,在Project窗口中出现Effects标签,如图6-3所示,

其添加的效果都能实时预览。

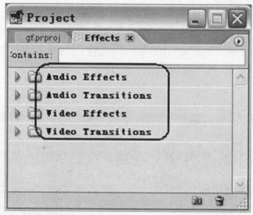

图6-3 Project（项目）窗口中的Effects（效果）模块

从图6-3中可以看到，Premiere Pro将Video和Audio的特效及转场全部放在一起了。要使用其中的特效或转场，只需要单击其左边的右箭头符号，选中其打开的特效或转场，将其拖到时间线的素材（Clip）上即可。下面的一条新功能对于音频爱好者来说更是莫大的惊喜，单击上图中Effects特效中的Audio Effects左边的三角符号，可以看到Premiere Pro中增加了对5.1声道的支持，如图6-4所示，有了5.1声道特效的支持，就可以轻松地制作自己喜欢的DVD了。

2. 运动特效

Premiere Pro的运动特效比Premiere 6.5版本改进了不少。将一个视频片段放入时间线上，先选中这段视频，在Monitor（监视器）窗口中选择Effect Controls模块（或单击菜单Window->Effect Controls），打开视频特效控制窗口，如图6-5所示，Premiere Pro已将Motion（运动特效）和Opacity（透明度）集合在一起，可以直接对素材进行方便的处理，并实时预览处理结果。

从图6-5中可以看出，Premiere Pro已将Motion（运动特效）和Opacity（透明度）内置其中了。Motion特效包含了Position（位置）、Scale（比例）和Rotation（旋转）特效等，使用起来非常方便。Opacity特效也使改变视频的透明度变得非常方便，只需拖动Opacity旁边的滚动条即可。

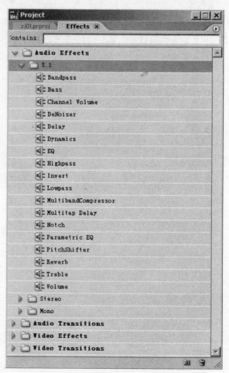

图6-4 Premiere Pro对5.1声道特效的支持

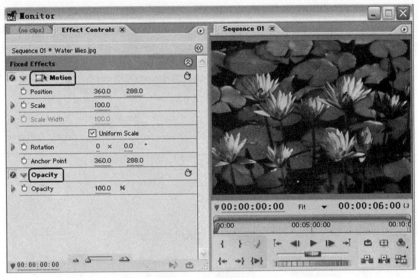

图6-5 运动特效预览

3. 字幕

同以前的版本相比，Premiere Pro在字幕方面改进较大，字幕的特效几乎沿用同样出自Adobe公司的Photoshop中的文字效果。如图6-6所示。

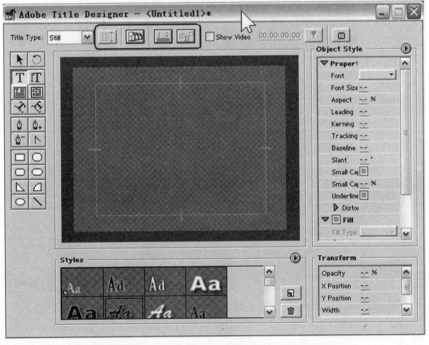

图6-6 Premiere Pro的字幕窗口功能强大且操作方便

4. 校色

校色是Premiere Pro比较突出的功能，它能够实时地显示出各种色彩效果，并带有Curve（曲线）等非常专业的校色工具。如图6-7所示。

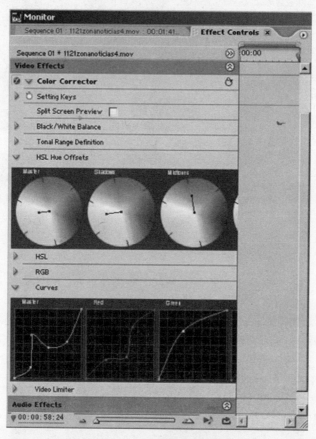

图6-7 Premiere Pro各种强大的专业校色工具

除了实时编辑这一革命性的进步之外，Premiere Pro还有其他一些很好的改进，我们将在后面的内容中逐渐去认识它们。

6.2 Premiere Pro其他编辑特性

6.2.1 界面专业集成化设置

Premiere Pro在界面上也改进了不少。Premiere Pro更加合理地分配了各个常见窗口的位置。单击菜单Window->Workspace，可以看到四个常见的工作模式：

Editing（编辑）

Effects（特效）

Audio（音频）

Color Correction（校色）

1.Editing（编辑）工作界面

主要进行视/音频片段的编辑工作，如图6-8所示。

图6-8 Editing（编辑）工作界面

2.Effects（特效）工作界面

主要进行视/音频特效的调整工作，如图6-9所示。

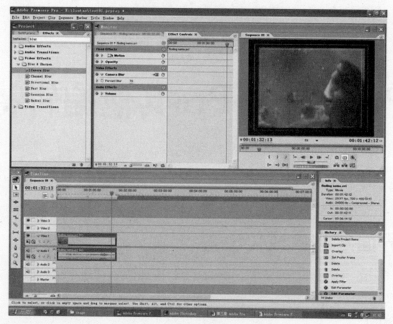

图6-9 Effects（特效）工作界面

3.Audio（音频）工作界面

主要进行音频的调整工作，如图6-10所示。

图6-10 Audio（音频）工作界面

4.校色(Color Correction)工作界面

主要进行视频素材的校色工作,如图6-11所示。

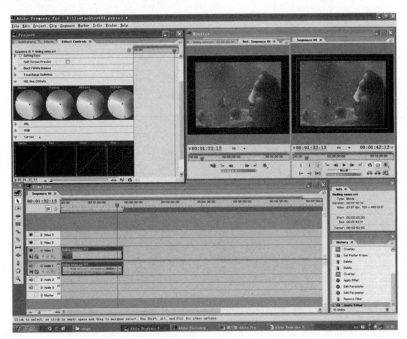

图6-11 校色(Color Correction)工作界面

这四种模式都各自有其自身的特点,每种模式都很有针对性,对用户特定的要求都配合得很完美,可以说是Adobe最专业并具亲和力的界面。

6.2.2 模块化集成输入、输出

Premiere Pro对文件的输入、输出也做了一些改进。下面先介绍输入文件功能,Premiere Pro对于前一个版本Premiere 6.5,增加了一些文件的支持,如可以导入Windows Media Player文件(wma、wmv和asf)等。这样对各种各样素材的利用率就变大了,并且可以很轻松地将其项目文件输入新版本中。

另外对于视频文件的采集,Premiere Pro也将其界面做得更加简单化、智能化了。比起前一个版本,新版本的采集系统修正了一些Bug,如当采集DV文件时切换界面会造成采集中止等。对于现在广泛应用的DV制作,Premiere Pro对其支持更加全面了。

输出系统方面,Adobe公司的官方编程人员声称对Premiere Pro输出系统程序进行了大幅度修改,输出的文件类型比以前多了许多。完成编辑后,单击菜单File->Export,可以看到除了常规的Movie、Frame、Audio、Tape和Adobe Media Encoder外,还增加了直接输出并刻录DVD的功能。Premiere Pro自身增加了现在流行的Quick Time、RealMedia和Windows Media压缩编码,单击菜单File->Export->Adobe Media Encoder就能看到具体参数设置,如图6-12所示。

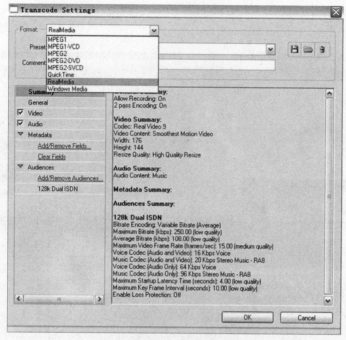

图6-12 各种媒体文件具体参数设置

最后只要有DVD刻录机,无须第三方DVD刻录软件的费用,再加上内置的5.1声道系统,就可以轻松刻录自己制作的DVD影片。DVD输出刻录过程如图6-13、图6-14、图6-15和图6-16所示。

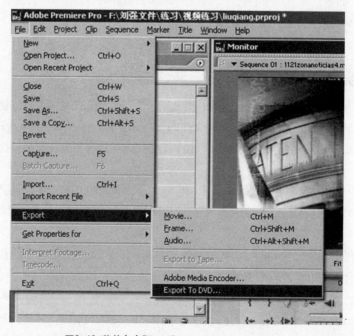

图6-13 菜单命令File → Export → Export To DVD

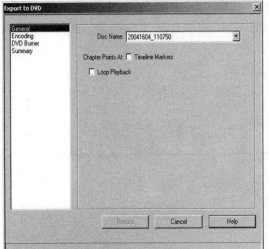

图6-14 Export to DVD对话框

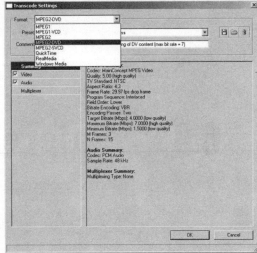

图6-15 设定DVD图像编码方式

图6-16 渲染输出过程

6.3 Premiere Pro工作界面

图6-17 Premiere Pro软件启动界面
（包含开发人员、开发日期及版本号等信息）

Premiere Pro的启动界面如图6-17所示。

Premiere Pro工作界面如图6-18所示，相对于Premiere以前的版本，新界面发生了很大的变化，更加实用、简洁，非常专业化。

图6-18 Premiere Pro工作界面

可以对整个工作界面进行亮度的调节，在眼睛能看清楚的条件下，工作界面可以偏暗一些，这样不但可以看清楚素材，还可以保护眼睛，使其不要过分疲劳，如图6-19、图6-20所示。

图6-19 Edit→Preference→General命令调出参数设置面板

图6-20 将画面亮度降低，可以减轻视觉疲劳

Premiere Pro工作界面主要包含以下几个部分:

Info (信息) 窗口

History (历史) 窗口

Tool (工具栏) 窗口

Project (项目) 窗口

Monitor (监视器) 窗口

Timeline (时间线) 窗口

关于各个窗口在实际编辑中的具体应用将在后面的实例制作中进行学习和掌握,现就工作界面的主要部分的功能特点进行介绍。

1.Info (信息) 窗口

显示素材和编辑的各种信息,如图6-21所示。

2.History (历史) 窗口

显示操作步骤,可以随意调整,避免误操作带来的不良后果,如图6-22所示。

3.Tool (工具栏) 窗口

显示编辑需要的种种工具,如选择、剪切、锁定、解锁等,如图6-23所示。

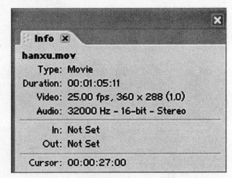

图6-21 Info (信息) 窗口显示素材有关信息

图 6-22 History (历史) 窗口显示操作步骤

	功 能	快捷键
	选择工具 Selection tool	V
	轨道选择工具 Track select tool	M
	波纹编辑工具 Ripple edit tool	B
	翻转编辑工具 Rolling edit tool	N
	速率伸展工具 Rate stretch tool	X
	剃刀工具 Razor tool	C
	滑移工具 Slide tool	U
	滑动工具 Slip tool	Y
	钢笔工具 Pen tool	P
	手工具 Hand tool	H
	缩放工具 Zoom tool	Z

图6-23 Tool (工具栏) 窗口提供各种编辑工具

4.Project (项目) 窗口的素材和特效管理操作

Premiere Pro有两种素材管理模式。可以通过素材管理窗口下面的模式切换按钮在列表模式和预览模式间进行转换。在预览模式下,通过按钮可以将素材的任意一帧设为素材的缩略图,如图6-24所示。

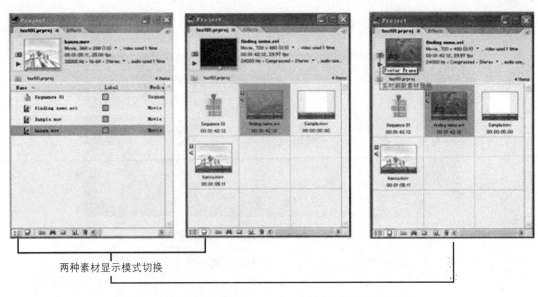

两种素材显示模式切换

图6-24 Project（项目）窗口中对素材进行方便的管理

将转场和视/音频的特效放到了一起，还增加了查找功能，非常方便实用，如图6-25所示。

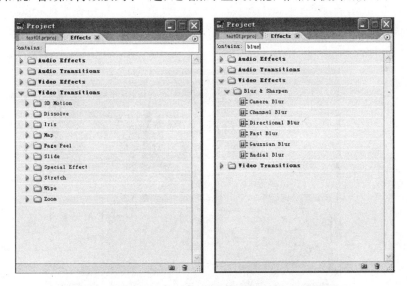

图6-25 Project（项目）窗口下的特效模块，查找出blur（虚化）效果

5. Monitor（监视器）窗口

主要是显示并控制素材图像进行播放和编辑操作，如图6-26所示。

各按钮功能介绍如下：

A——到入点　　　　　　B——到出点　　　　　　C——在入出点之间播放

D——到上一个标记　　　E——向上一帧　　　　　F——播放/停止

G——向下一帧 　　　 H——到下一个标记 　 I——循环
J——Jog disk 　　　　 K——拖放素材

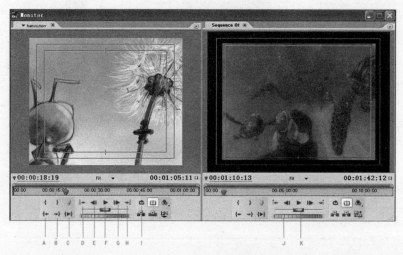

图6-26 Monitor（监视器）窗口

6. Timeline（时间线）窗口

将素材（视/音频）在本窗口内进行Sequence（序列）的编辑，包括各种效果的添加和调整，可以方便地对时间线上的素材用鼠标右键调出功能菜单，进行变速、链接、解除链接、查看素材属性等，后面有详细讨论，如图6-27所示。

图6-27 用鼠标右键调出功能菜单进行变速处理的编辑工作

注意：

鼠标右键菜单能够进行很多的编辑工作，是经常使用的工具。

视频轨前面的"眼睛"按钮和音频轨前面的"喇叭"按钮可以控制视频是否显示，以及声音是否播放。

6.4 系统配置及软件安装

6.4.1 系统配置

操作系统：Windows XP Professional或Home Edition with Service Pack 1

硬件配置

CPU：Intel Pentium III 800MHz 处理器 (建议使用 Pentium 4 3.06 GHz)

内存：256MB RAM (建议使用 1GB 或更多)

硬盘：用于安装的 800MB 可用硬盘空间

声卡：Microsoft DirectX 兼容的声卡 (推荐使用支持环绕声的多声道 ASIO 兼容声卡)

光驱：CD-ROM 驱动器 需要兼容的 DVD 刻录机 (DVD-R/RW+R/RW)，以便导出到 DVD

显卡：1024×768以上，32位彩色视频显示适配器 (建议使用1280×1024显卡或双显示器)

DV摄像机：OHCI 兼容 IEEE 1394 接口和专用大容量 7200RPM UDMA 66 IDE 或 SCSI 硬盘或磁盘阵列

第三方捕捉卡：Adobe Premiere Pro 认证的捕捉卡

可选：ASIO 音频硬件设备、用于 5.1 音频播放的环绕声扬声器系统。

大家千万要重视Premiere Pro的系统要求，这样的要求相对是比较高的，因为Premiere Pro进行视/音频处理的计算量非常大，高性能的实时功能同样对操作系统和硬件的要求很高。所以大家如果要学习和使用Premiere Pro这一先进的非线性编辑工具，一定要按照上面的推荐来配置自己的硬软件系统。

6.4.2 软件安装

Premiere Pro安装比较简单，选好安装类型和安装路径就可以了，安装进程如图6-28、图6-29所示。

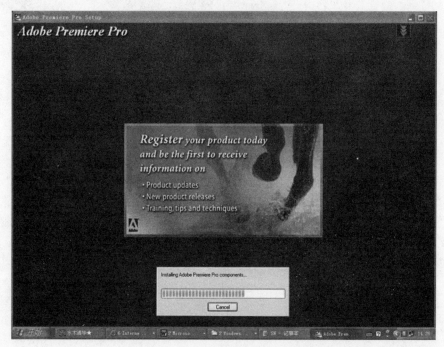

图6-28 Premiere Pro各个组件安装过程

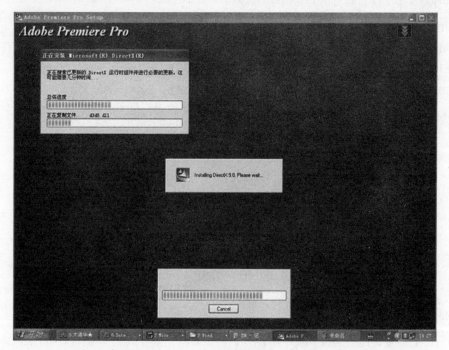

图6-29 安装 Microsoft DirectX9图像加速软件, 为高水平的图像性能打下基础

本章小结

Premiere Pro是Adobe公司推出的最新版本非线性编辑软件，具有实时编辑的强大功能。在兼顾操作方便的同时，在软件操作界面、操作方式、特技效果等方面都达到非常专业的水平，是当今数字后期制作最为流行的非线性编辑系统，也是首先应该学习和掌握的强大工具。

思考与练习

1. 理解实时编辑和非实时编辑的区别。

2. 了解Premiere Pro的专业特性。

3. 熟悉Premiere Pro工作界面。

4. 理解系统配置要求，掌握软件安装方法。

第7章
基本剪接操作

本章主要介绍Premiere Pro的素材输入及管理，以及各种基本编辑操作。

- Premiere Pro各功能模块和操作方法
- Premiere Pro专业视音频素材剪辑

掌握输入素材、素材管理、素材显示、素材组接、设置入出点、插入／覆盖编辑、波纹／滚动编辑、举出／减掉编辑、增加剪辑点等操作手法

7.1 输入素材及管理

7.1.1 输入素材文件的几种方法

输入素材文件有以下几种方法：

菜单命令输入

鼠标右键输入

双击鼠标输入

快捷键输入

分别介绍如下。

1.使用菜单命令File → Import，如图7-1所示。

2.在Project视窗里按鼠标右键，如图7-2所示。

3.还可以在Project视窗里双击鼠标，或使用快捷键Ctrl+I等。

专业指点：

在素材输入对话框中可用Shift键或用Ctrl键选择两个以上的文件。

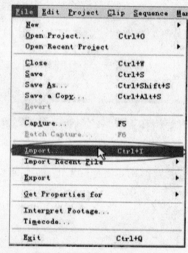

图7-1 使用菜单命令输入素材

7.1.2 素材管理

素材有以下两种显示模式：

图标显示

列表显示

分别介绍如下。

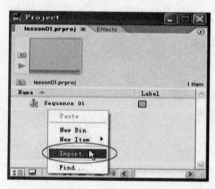

图7-2 使用鼠标右键菜单输入素材

1.Icon View (图标显示)，如图7-3所示。

2.List View (列表显示)，如图7-4所示。

3.使用鼠标右键菜单，新建名为"Video"的文件夹，选择所有的素材放到"Video"文件夹中，如图7-5所示。

4.使用鼠标右键菜单再新增一个文件夹，命名为"Audio"，如图7-6所示。

5.打开"Audio"文件夹，双击鼠标，输入音频素材，如图7-7所示。

图7-3 Icon View (图标显示) 素材方式

图7-4 List View (列表显示) 素材方式

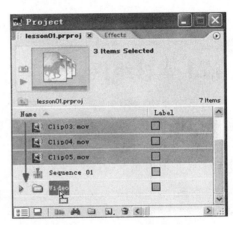

图7-5 将素材放到名为"Video"的文件夹中

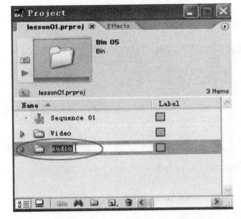

图7-6 新建"Audio"文件夹

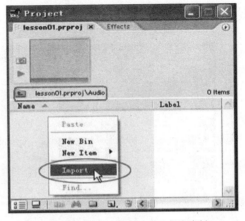

图7-7 打开Audio文件夹输入相应素材

7.2 基本编辑操作

7.2.1 素材组接

1.若要快速组接各个素材时，只要将素材拖放到Timeline（时间线）窗口里就可以了，如图7-8所示。

2.重复此操作并将素材在Timeline（时间线）窗口内拖拉相接在一起，并适当地排列顺序。

3.调整素材的前后顺序，只需要拖拉Timeline（时间线）窗口里的素材至前两片段交接处即可，如图7-9所示。

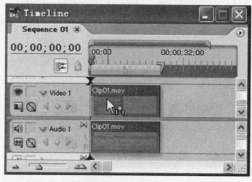

图7-8 将素材拖放到Timeline（时间线）窗口中

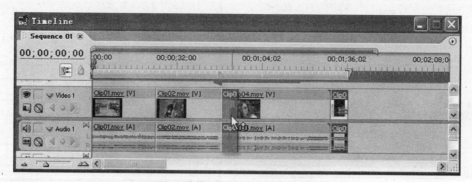

图7-9 将第三段素材加到前两段之间

7.2.2 设置素材显示方式

素材在时间线窗口中有以下四种显示方式

Show Frames (帧显示) 方式

Show Head and Tail (头尾显示) 方式

Show Head Only (只显示头) 方式

Show Name Only (只显示文件名) 方式

1.在时间线窗口相应位置点击鼠标左键,选择Show Frames (帧显示) 方式,时间线就会呈现帧显示的方式,如图7—10所示。

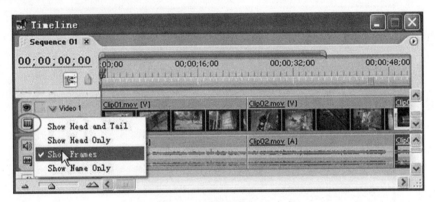

图7—10 Show Frames (帧显示) 方式

专业指点:

这显示方式优点为清楚显示每一帧,缺点则是显示时间较长,尤其是剪接较长的影片时,会花相当长的时间显示整段影片。同时在Timeline (时间线) 窗口内也无法得知文件名称。

2.选择Show Head and Tail (头尾显示) 方式,这种方式是头尾帧显示,中段显示文件名,如图7—11所示。

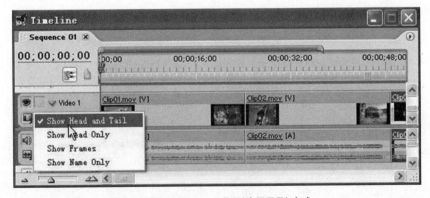

图7—11 Show Head and Tail (头尾显示) 方式

3.选择Show Head Only（只显示头）方式，这种方式显示素材第一帧和文件名，如图7-12所示。

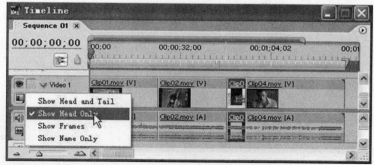

图7-12 Show Head Only（只显示头）方式

4.Show Name Only（只显示文件名）方式，这种方式只显示素材文件名，如图7-13所示。

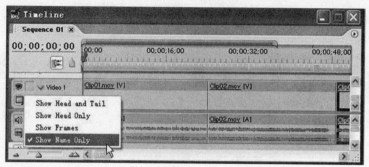

图7-13 Show Name Only（只显示文件名）方式

7.2.3 播放影片

在剪接影片时，常常需要大致预览一下剪接的效果，再看看是否需要修剪或更动。

1.在屏幕视窗下方有个播放键，类似家用录像机的播放键，点击这个播放键便可以看到影片的内容，同时也听得到声音，如图7-14所示。

专业指点：

按键盘空格键也可以播放和停止影片。

图7-14 播放（停止）各个素材及影片

2.拖拉Timeline（时间线）窗口指针进行预览，在Premiere Pro中，对影片加上特效、过渡、合成字幕等，都可以直接点击播放按钮进行预览，而不像Premiere Pro 6.0还要按住Alt键才能预览，如图7-15所示。

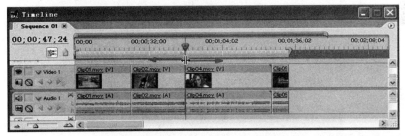

图7-15 拖动时间线窗口指针直接预览效果

7.2.4 入（In）点与出（Out）点的设置

所谓的"剪接"就是将不要的影片片段修剪掉，再将影片重整接起来。刚刚练习编辑片段的影片长度，其目的是修剪掉不需要的部分。当然除了放置到Timeline（时间线）窗口之后再做修整之外，也可以在放入影片前先决定影片片段的入点（In Point）与出点（Out Point）。

1.选择并按Delete键清除掉Timeline（时间线）窗口线里的素材片段。

2.将"Video"文件夹中的Clip01.mov素材放入屏幕视窗（Monitor）中，如图7-16所示。

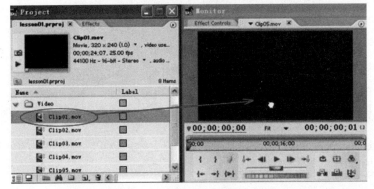

图7-16 将素材拖放到监视器窗口中

67

3. 播放影片, 找到所需的开始点, 按下 $\boxed{\text{↓}}$ 按钮, 设置入点, 如图7-17所示。

图7-17 在监视器窗口中设置入点

4. 再播放影片, 找到所需的结束点或点按影片左下方数字处, 或输入适当时码。按 $\boxed{\text{↓}}$ 按钮, 设置出点, 如图7-18所示。

图7-18 设置素材出点

7.2.5 插入(Insert)与覆盖(Overlay)编辑

在Premiere Pro里除了使用拖拉的方式放置素材之外, 还有两个重要的方法与概念是必须要知道的, 那就是插入(Insert)与覆盖(Overlay)编辑。

1.覆盖 (Overlay) 编辑

最常用的剪接法就是覆盖编辑 (Overlay Editing)，它就是简单地将设置的源素材内容长度覆盖至Timeline (时间线) 窗口所在位置点，如图7-19~图7-21所示。

图7-19 选择覆盖编辑方式

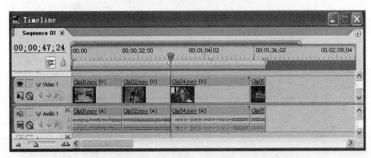

图7-20 覆盖编辑前时间线窗口上素材状态

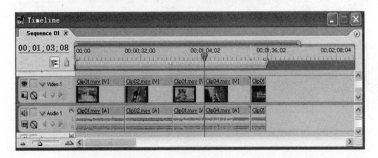

图7-21 覆盖编辑后，素材覆盖了时间线窗口相应时间长度的素材，总时间不变

2.插入 (Insert) 剪接法

插入剪接法 (Insert Editing) 是将要加入的素材插入Timeline (时间线) 窗口内指针所放置的位置，同时将原本在Timeline (时间线) 窗口里指针之后的影片往后推，这样一来影片的总长度就会因为加入的影片而变长，但是原本在Timeline (时间线) 窗口内的各个影片长度并不会改变，只是会有一段影片因为插入影片的位置而被切开成两段，或改变一些影片片段的剪接点，如图7-22~图7-24所示。

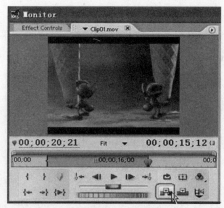

图7-22 选择插入编辑方式

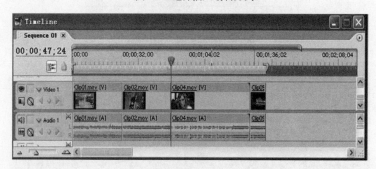

图7-23 插入编辑前时间线上影片状态

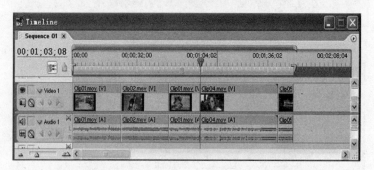

图7-24 插入编辑后, 素材加入到指针位置, 总时间加长

7.2.6 修剪素材 (Trimming Assembled Clips)

将素材编辑至Timeline (时间线) 窗口里之后, 仍可以修剪素材。适当地修整与细修影片的衔接处, 能让影片的节奏性、画面的顺畅度更佳。修剪影片最常用的技巧是波纹编辑工具 (Ripple Edit Tool) 与滚动编辑工具 (Rolling Edit Tool)。

1.波纹编辑工具 (Ripple Edit Tool)

(1) 在Premiere Pro工具栏中选择波纹编辑工具 ⬌ (Ripple Edit Tool), 如图7-25所示。

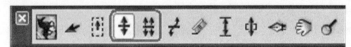

图7-25 选择波纹编辑工具

（2）将鼠标移至两片段交接处，这时游标符号会转变成编辑符号，如图7-26所示。

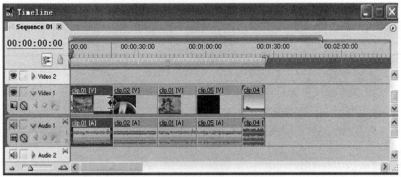

图7-26 游标符号会转变成编辑符号

（3）拖拉Timeline（时间线）窗口的边缘来修剪影片多余的片段。在这同时，屏幕视窗里也可以看到两段影片的接缝帧内容。

修剪后影片总长度会有所改变。如图7-27、图7-28所示。

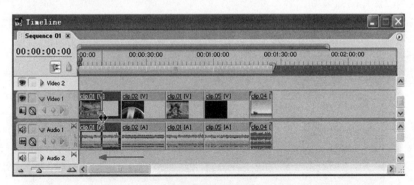

图7-27 波纹修剪前

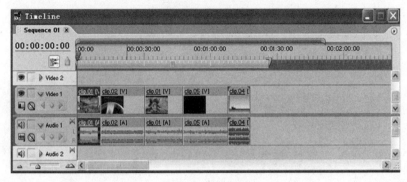

图7-28 波纹修剪后

2.滚动编辑工具(Rolling Edit Tool)

(1)在Premiere Pro工具栏中选择滚动编辑工具 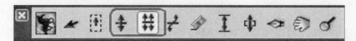(Rolling Edit Tool),如图7-29所示。

图7-29 滚动编辑工具

(2)将鼠标移至两片段交接处,这时游标符号会转变成编辑符号,如图7-30所示。

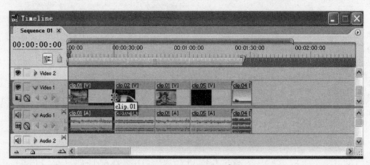

图7-30 游标符号转变成编辑符号

(3)拖拉Timeline(时间线)窗口的影片边缘来修剪影片多余的片段。与此同时,屏幕视窗里也可以看到两段影片的接缝帧内容。

修剪后的影片总长度不会改变。但影片片段的各处长度会有所改变,如图7-31、图7-32所示。

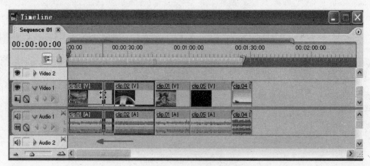

图7-31 滚动修剪前

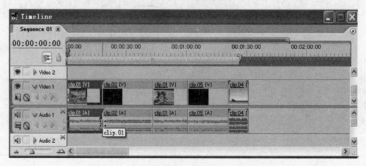

图7-32 滚动修剪后,影片总长度不变

(4) 试着放大Timeline (时间线) 窗口的显示观看比例, 这样能较精确且细微地调整与编辑, 如图7-33所示。

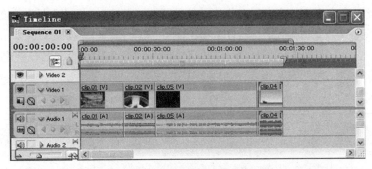

图7-33 调整素材显示观看比例

7.2.7 举出 (Lift) 与剪掉 (Extract) 编辑

1.举出工具 (Lift Tool)

所谓举出就是在完成影片内容里有些片段或段落要拿掉, 这概念与覆盖 (Overlay) 的概念刚好相反。

(1) 在Timeline (时间线) 窗口线里的工具栏或完成影片视窗下方设置In点与Out点。

(2) 在监视器窗口的工具栏中选择举出工具 (Lift Tool) ，把该段片段从Timeline (时间线) 窗口上举出, 如图7-34、图7-35所示。

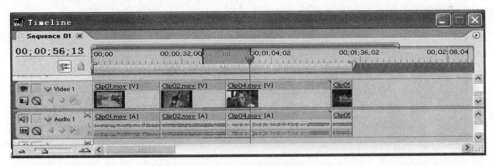

图7-34 举出 (Lift) 编辑前

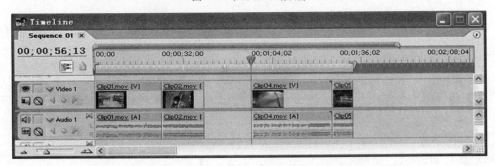

图7-35 举出 (Lift) 编辑后

73

此时Timeline (时间线) 窗口上的总长度并没有缩短, 只是中间有段影片被空出来。

2.剪掉工具 (Extract Tool)

所谓剪掉就是在完成影片内容里有些片段或段落要修剪掉, 前后的素材自动填充这个片段的时间, 总长度变短, 这概念与插入 (Insert) 的概念刚好相反。

(1) 在Timeline (时间线) 窗口线里的工具栏或完成影片视窗下方设置In点与Out点。

(2) 在监视器窗口的工具栏中选择剪掉工具 (Extract Tool) (注意这两个图标的细微差别), 把该段片段从Timeline (时间线) 窗口上剪掉。如图7-36、图7-37所示。

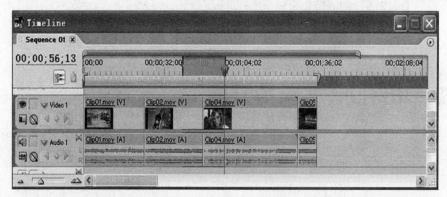

图7-36　剪掉 (Extract) 编辑前

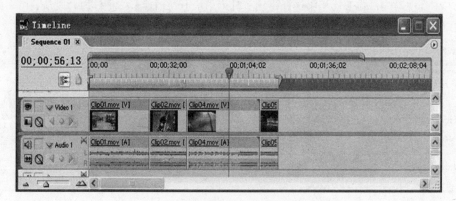

图7-37　剪掉 (Extract) 编辑后

此时Timeline (时间线) 窗口上的总长度缩短了, 而后段的影片往前推, 与前段影片接合在一起。

7.2.8 增加剪辑点

剃刀工具可以增加素材剪辑点, 将整段素材切成多段素材, 然后可以方便地对其进行编辑, 如图7-38、图7-39所示。

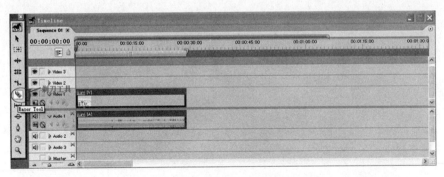

图7-38 原始整段素材，选择剃刀工具

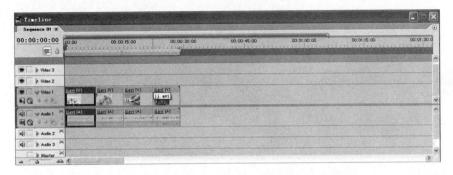

图7-39 使用剃刀工具，添加三个剪辑点，剪成4段素材

掌握这些基本的编辑操作之后，就能够根据自己的需要方便地进行影视剪辑创作了。

本章小结

本章主要介绍了Premiere Pro非线性编辑软件的素材输入及管理，以及各种基本编辑操作，这些基本编辑工具虽然比较简单，但对使用Premiere进行影视后期编辑工作来说，是最为常用和根本的，是实现视听语言语法的直接工具，希望大家认真学习，尽快达到熟练应用的程度。

思考与练习

1.掌握各种输入素材及素材管理方法。

2.掌握各种基本编辑工具。

3.选择适当素材进行简单的图像剪辑创作。

第8章
Premiere Pro快速上手

主要内容

本章主要通过具体操作来介绍Premiere Pro的整个操作流程与步骤，掌握各个主要功能模块的基本操作方法。

本章重点

- Premiere Pro整个操作流程与步骤
- Premiere Pro主要功能模块的基本操作

本章目标

掌握新建项目、影像采集、输入素材、确定剪接、添加声音、加入过渡、加入视频、添加字幕、渲染输出等操作方法。

8.1 新建项目

启动Premiere Pro软件之后，出现一个对话窗口，如图8-1所示。

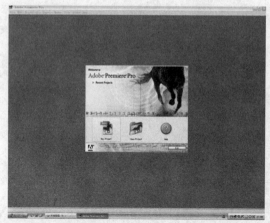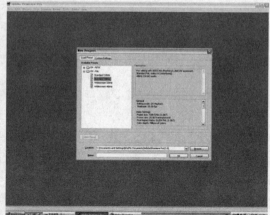

图8-1 Premiere Pro启动后的工作界面

选择New Project按钮，新建一个项目，在项目设置窗口中选择DV-PAL设置，命名后点击OK即可。

要打开已有的项目文件，则选择Open Project按钮。

在项目设置窗口中，制作不同格式的节目(PAL/NTSC)，选择不同的设置，也可以使用Custom Settings模块自定义节目的格式。

项目的存储路径 (Location) 可以按Browse按钮进行设置，项目的相关设置、采集的视频素材以及制作过程中产生的临时文件都存储在选择的路径下。因此，应该将项目文件存放在空间较大的磁盘中。

8.2 影像采集

如果DV摄像机与IEEE 1394接口（火线）都已连接好，或是影像采集卡与录像带（DV录像带或BetaCam录像带支持Deck Control），就能够方便地进行影像采集的操作。

选择菜单命令File/Capture，或按快捷键F5，打开影像采集窗口，如图8-2（a、b）所示。

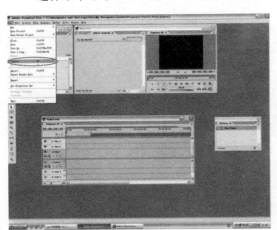 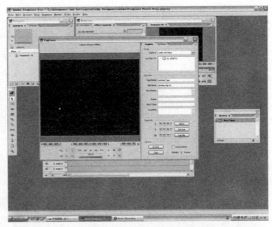

图8-2 (a) 选择菜单命令File/Capture　　　　　图8-2 (b) 打开影像采集窗口可以采集录像带上的素材

计算机通过IEEE 1394火线接口连接DV录像机（或摄像机），可以进行无损失DV图像的输入和输出，因为DV磁带上记录的图像信号是数字信号。

主要通过以下两种方式进行素材的采集：

（1）指定时间范围采集素材。

（2）直接采集播放中的素材。

采集进来的素材将存放在指定的项目文件存放目录下（DV编码方式的avi文件），也会作为素材直接出现在Premiere Pro的项目窗口中。

8.3 输入素材

Premiere Pro除了剪辑采集进来的影像之外，它还能对数字文件进行剪辑。选择File→Import命令会出现对话窗口，输入素材，如图8-3所示。

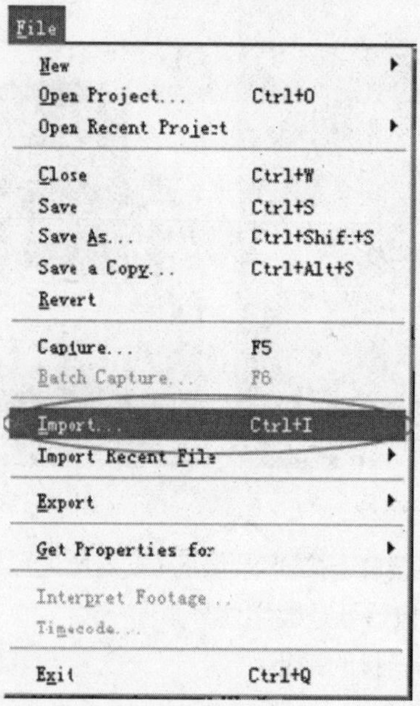

File	
New	▶
Open Project...	Ctrl+O
Open Recent Project	▶
Close	Ctrl+W
Save	Ctrl+S
Save As...	Ctrl+Shift+S
Save a Copy...	Ctrl+Alt+S
Revert	
Capture...	F5
Batch Capture...	F6
Import...	Ctrl+I
Import Recent File	▶
Export	▶
Get Properties for	▶
Interpret Footage...	
Timecode...	
Exit	Ctrl+Q

图8-3 输入素材

可使用热键Crtl+I来输入素材文件，也可以在窗口中双击鼠标按键来输入文件。

Premiere Pro支持多种文件格式的输入，视频文件如：mov、avi等。音频文件如：mp3、wma等。

8.4 确定剪接点

所谓的剪接就是"去伪存精"，将不要的片段剪掉，再将所需要的影像接在一起。进行操作如下。

1.双击素材窗口（Project Window Bin1 ）里的Framestore.cfc_ant.mov和goodgear.mov影像，打开源素材窗口。使用来源素材窗口里的In点与Out点来决定需要的素材范围，如图8-4所示。

图8-4 In点与Out点决定选用的素材范围

2.将此片段拖拉至时间线（Timeline）窗口的Video1视轨，如图8-5所示。

3.再到素材窗口Project Bin1里寻找所需的影像，重复步骤1至2将所需的影像连接放在一起，如图8-6所示。

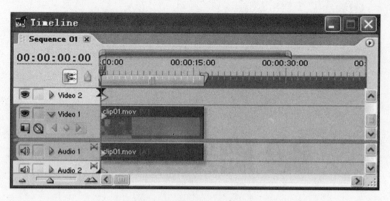

图8-5 将片段拖至时间线窗口中

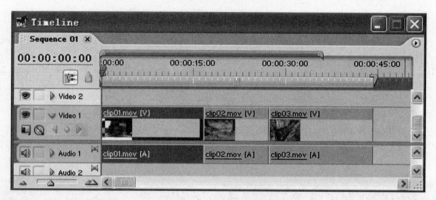

图8-6 将影片剪辑并连接起来

　　放入影像至时间轴线（Timeline）也可用其他的方法：一、从源窗口拖拉至时间线（Timeline）上；二、从源窗口单击插入（Insert）或覆盖（Overlay）键；三、单击键盘的热键，"逗号（,）"是插入（Insert）的热键，"句号（。）"是覆盖（Overlay）的热键。

8.5 添加声音

音乐的节奏很适合作为影像节奏的参考点。

1.输入音频素材。

2.拖拉音频素材至时间线窗口的Audio1音轨上。

3.单击打开Audio1前面的三角形展开音轨波形，如图8-7所示。

4.按住鼠标左键用拖拉的形式对其进行放大，来看清楚声波的强度，如图8-8所示。

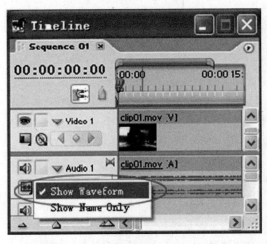

图8-7 Audio1前面的三角形展开音轨波形

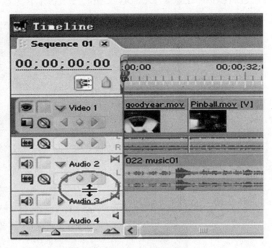

图8-8 放大选项看清声波强度

83

8.6 加入过渡效果

适当地利用素材之间的视频过渡（Video Transition），可以让影像转换的视觉效果更顺畅。

1.如果要在素材之间加上过渡的效果，单击Project —→ Effects —→ Video Transitions，如图8-9所示。

2.选择想要应用的过渡效果，选择Video Transitions —→ Dissolve —→ Cross Dissolve，如图8-10所示。

图8-9 添加过渡效果

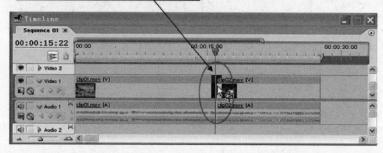

图8-10 选择过渡效果Cross Dissolve，拖放到时间线窗口上素材之间

3.如果希望改变过渡的时间长度，在过渡效果处双击，或选择菜单命令Monitor —→ Effect controls —→ Duration以改变过渡效果的长度，如图8-11所示。

图8-11 改变过渡效果长度

Premiere Pro中有非常丰富的视频过渡效果，我们会在后面的内容中详细讨论。

8.7 加入视频特效

虽然Premiere Pro是一套编辑软件,但是它也可以实现丰富多彩的视觉效果。

8.7.1 变速

1.利用刀片工具 ![刀片工具] 将影像切断,再改变前段影像的速度。

2.选取前段影像,单击鼠标右键选择Speed/Duration...,在对话窗口的Speed处输入400%的速度,目的是要让前段影像加速产生快动作的效果,如图8-12所示。

3.选取后段影像,将速度改变成35%,实现慢动作效果,如图8-13所示。

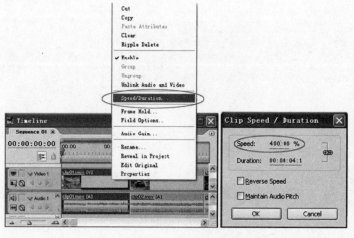

图8-12 输入400%的速度

图8-13 将速度改变成35%

8.7.2 虚化

1.在Project（项目）窗口中，选择Effect（效果）模块中的Video Effect（视频效果）中的Blur(虚化)效果中的Camera Blur（摄像机虚化）效果，如图8-14所示。

图8-14 选择虚化效果

2.将这个效果拖到Timeline（时间线）窗口中的素材上，调整虚化参数值Percent Blur为66，看到虚化效果，如图8-15所示。

图8-15 添加并调整虚化效果

3.在Monitor（监视器）窗口中直接播放观看。

我们会在后面的内容中详细介绍视频特效的使用。

8.8 添加字幕

Premiere Pro的字幕功能提供打字、滚动字幕与一些简单几何绘图的功能。

1.如需要再新建一层视轨，在时间线窗口中点击鼠标右键，选择Add Tracks命令，如图8-16所示。

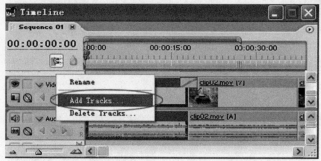

图8-16 新建一层视轨

2.打开字幕窗口，选择菜单命令File → New → Title，或按F9快捷键，如图8-17所示。

图8-17 打开字幕窗口

3.输入文字LESSON 01,调整颜色、字体、位置,如图8-18所示。

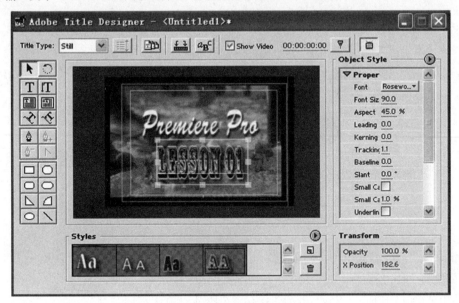

图8-18 输入文字并进行调整

4.选择菜单命令File → Save As,保存字幕文件,该文件自动出现在项目窗口中。

5.将字幕文件拖放到Video2视轨上。

6.可以调出视频素材的透明度曲线,调整透明度曲线(黄线)实现淡入淡出效果,如图8-19所示。

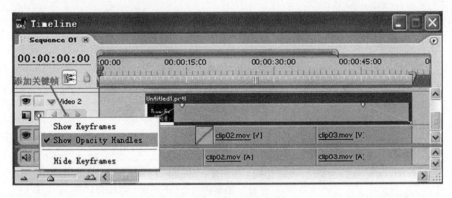

图8-19 调整透明度曲线

首先选中Show Opacity Handles选项调出素材透明度曲线,在素材曲线上适当位置添加关键帧,再调整曲线形状实现淡入淡出效果。

8.9 渲染输出

Premiere Pro支持输出各式影像文件，包括输出成录像带、视频文件及DVD等，这里我们先输出avi的视频文件，后面将对渲染输出进行详细讨论。

1.使用菜单命令File → Save Project保存整个Project项目文件。

2.选择菜单命令File → Export Timeline → Movie，输出剪辑结果，如图8-20所示。

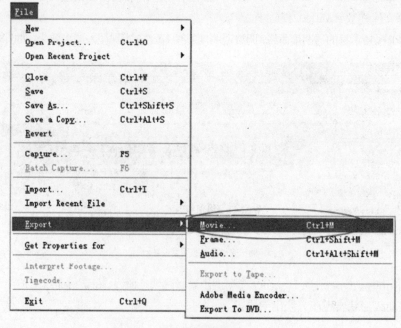

图8-20 选择输出

3.输出成一段完整影像。这里输出Microsoft avi文件（在输出对话框中单击Settings按钮，在General选项里设置），然后在Video选项里，选择Divx5（MPEG4）的编码方式，如图8-21所示。

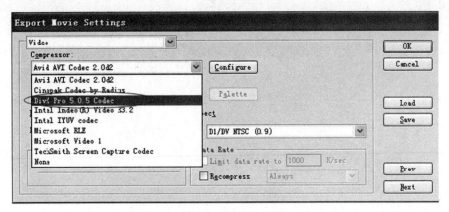

图8-21 选择Divx5 (MPEG4) 的编码方式

这种编码方式渲染速度快, 得到的avi图像文件很小, 图像质量还不错, 是做小样的首选。

本章小结

本章通过实例操作快速浏览和学习了Premiere Pro的各个基本模块功能和使用方法, 希望大家对软件有一个整体上的认识和掌握, 总结体会Premiere Pro的工作思路, 为后面各主要功能模块的学习打下坚实的基础。

思考与练习

1. 拍摄DV素材并用Premiere Pro采集到计算机中。
2. 进行简单编辑和效果制做。
3. 渲染输出avi视频文件。

第9章
过 渡 效 果

本章主要介绍Premiere中叠化过渡效果的制作。

- ● Premiere Pro基本过渡效果
- ● Premiere Pro叠化过渡效果
- ● Premiere Pro镜头衔接用法

掌握切镜头、叠镜头、过渡效果、叠化过渡、素材余量等知识。

9.1 Premiere Pro过渡效果举例

1.镜头之间直接过渡（切镜头），如图9-1所示。

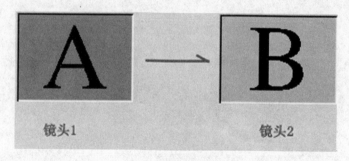

图9-1 切镜头

2. 镜头之间叠化过渡（叠镜头），如图9-2所示。

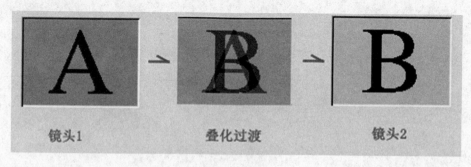

图9-2 叠镜头

Premiere Pro中其他丰富多样的过渡效果，如图9-3所示。

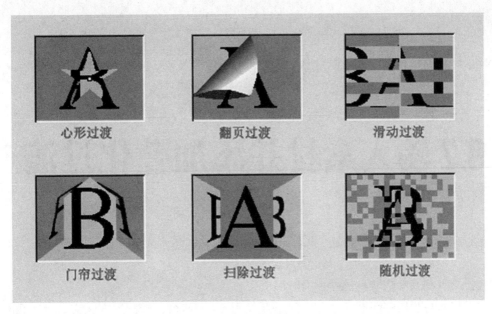

图9-3 其他过渡效果

9.2 输入素材并添加叠化过渡

1.在Project视窗输入素材, 如图9-4所示。

2.将Project视窗中的素材Clip 01双击或拖拉到源素材视窗。并设置它的入点 (In点) 和出点 (Out点) 将其拖拉到Timeline(时间线)窗口上, 如图9-5、图9-6所示。

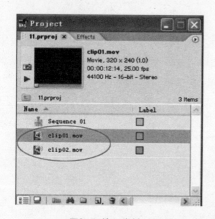

图9-4 输入素材

图9-5 设置源素材In/Out点

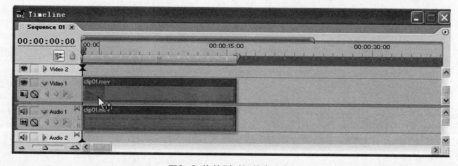

图9-6 拖放到时间线窗口中

3.以第2步的方法将素材Clip 02进行剪接,放入Timeline(时间线)窗口。

注意:不能把Project视窗中的素材整体拖拉入Timeline(时间线)窗口中,要保证镜头过渡处有一定的素材余量才能进行加入过渡的效果。

4.单击Seqrence视窗中的 ▶| 按钮(Go to Next Point)使Timeline(时间线)窗口时间指针直接到两段素材交界处,如图9-7所示。

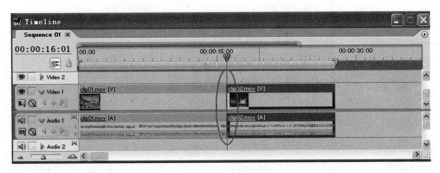

图9-7 使Timeline(时间线)窗口时间指针直接到两段素材交界处

5.在Project视窗中单击Effect视窗,选择Video Transitions(视频过渡)模块,如图9-8所示。

6.单击Video Transitions前的 ▶ 展开Video Transitions。选择Dissolve(叠化)模块,如图9-9所示。

图9-8 选择Video Transitions(视频过渡)模块

图9-9 选择Dissolve(叠化)模块

7.同时展开Dissolve选择其中的Cross Dissolve的过渡效果,如图9-10所示。

图9-10 选择Cross Dissolve的过渡效果

8.将过渡效果Cross Dissolve拖拉到时间轴上的素材Clip 01和Clip 02交接处,这样就加上了叠化过渡效果,如图9-11所示。

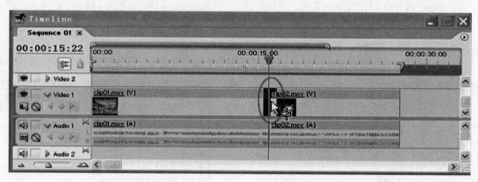

图9-11 添加Cross Dissolve叠化过渡效果

9.3 渲染输出

1.双击过渡效果图标或选定过渡图标单击源视窗Effect Controls，显示Effect Controls窗口，如图9-12所示。

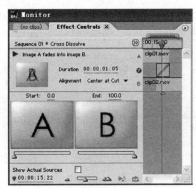

图9-12 显示Effect Controls窗口

2.在Alignment中选择Center at Cut，表示在正中加入叠化过渡效果，如图9-13、图9-14所示。

图9-13 选择Center at Cut，在正中加入叠化过渡效果

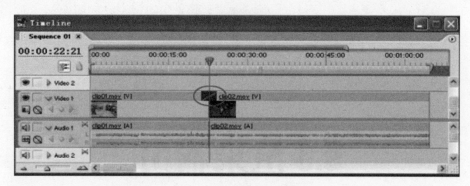

图9-14 时间线窗口中的结果

3.选择Start at Cut，表示叠化过渡效果在第二段素材的开头部分，如图9-15、图9-16所示。

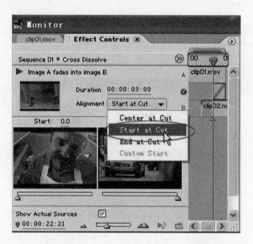

图9-15 选择Start at Cut，叠化过渡效果加到第二段素材的开头部分

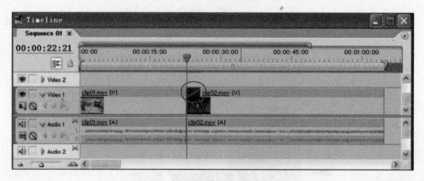

图9-16 时间线窗口中的结果

4.选择End at Cut，表示叠化过渡效果在第一段素材结束部分，如图9-17、图9-18所示。

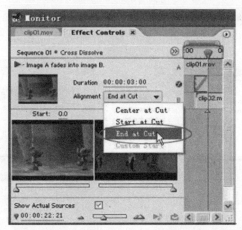

图9-17 选择End at Cut，叠化过渡效果在第一段素材结束部分

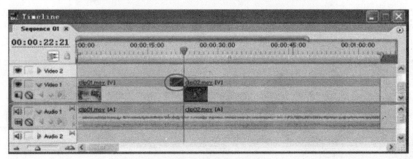

图9-18 时间线窗口中的结果

5.在Duration上调整过渡效果的时间长度，达到所需要的状态。把 `Duration 00:00:01:00`
改变为 `Duration 00:00:03:00` ，同时勾选Show Actual Sources选项显示Start一帧的画面和End
一帧的画面，如图9-19所示。

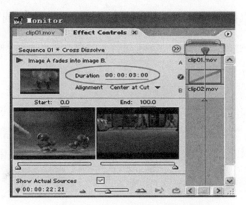

图9-19 设置过渡效果时间长度

6.预览加入的过渡效果

完成了过渡效果的设置后，可以对过渡效果进行预览，方法有以下三种。

(1)单击Effect Controls窗口中的播放按钮进行预览,如图9-20所示。

(2)单击Sequence视窗中的播放按钮 ▶ 预览过渡效果,如图9-21所示。

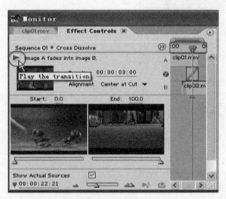

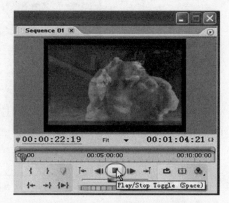

图9-20 单击播放按钮预览   图9-21 在Sequence视窗中预览过渡效果

(3)在Timeline(时间线)窗口上,用拖动时间轴指针的方法进行预览,如图9-22所示。

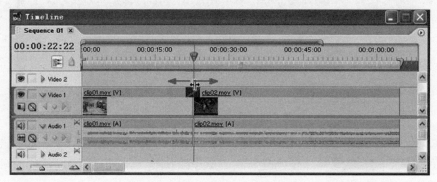

图9-22 拖动时间线指针预览过渡效果

其他过渡效果大家可以按照这样的方法分别试验,并总结其不同的艺术效果。

本章小结

本章主要向大家介绍如何使用和调整Premiere Pro中的叠化过渡效果,同时也介绍了较为典型的其他类型的过渡效果。效果过渡是在影视后期制作中经常使用的镜头衔接手法,希望大家在掌握软件操作的同时,仔细体会其视觉效果,并很好地应用到创作实践中。

思考与练习

1.各种过渡效果的视觉特点。

2.在Premiere Pro中加入过渡效果,并进行调整和预览。

3.在自己的剪辑作品中加入适当的过渡效果。

第10章
视频特效制作及动画

本章主要介绍对实际拍摄得到的素材的特效处理，比如调色、模糊、艺术效果等。

● Premiere Pro 视频特效的应用
● 关键帧动画的设置

了解视频特效、调色效果——Channel Mixer，掌握关键帧动画设置、动画设置面板、删除特效及其他视频特效。

10.1 添加并调整调色视频特效工具
——Channel Mixer

通道虚化效果

边缘锐化效果

融合效果

黑白效果

水晶效果

镜头炫光效果

闪电效果

图10-1 视频特效举例

1.将素材放入源窗口，设置适当的入点和出点，并将其拖入到Timeline（时间线）窗口中，如图10–2所示。

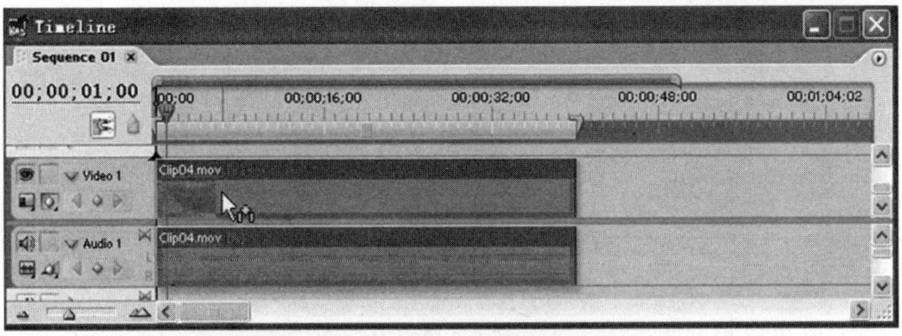

图10–2 将素材拖放到时间线窗口中

2.单击Project窗口中的Effects，选择其Video Effects前的 钮打开Video Effects。这时可以看到许多的视频特效供选择。选择需要的视频特效加入到视频之中。对其下面的特效进行举例说明，如图10–3所示。

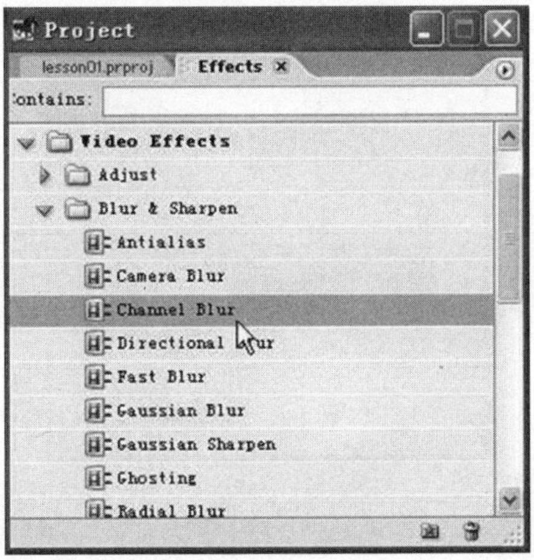

图10–3 打开视频特效窗口

3.选择Adjust下面的Channal Mixer（通道混合）视频特效，并将其拖拉到Timeline（时间线）窗口里的素材上，如图10–4所示。

4.单击Monitor窗口中的Effect Controls，打开Effect Controls对话框，这时就可以对其加入的Channal Mixer效果进行设置，如图10–5所示。

5.单击Channal Mixer前的 ，展开它的设置项目如Red–Green、Red–Const等。对加入的视频特效进行具体的设置，将Red–Red设置为100、Red–Green设置为14、Red–Blue设置为7、Red–Const设置为4、Green–Red设置7、Green–Green设置为93。得到想要得到的视频特效，如图10–6所示。

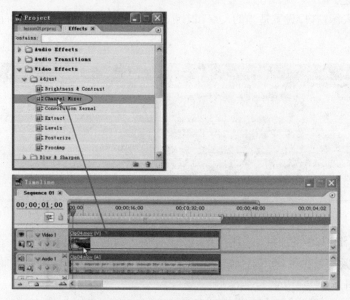

图10-4 选择Channal Mixer视频特效，加到时间线窗口的素材上

图10-5 打开Effect Controls窗口对效果进行设置

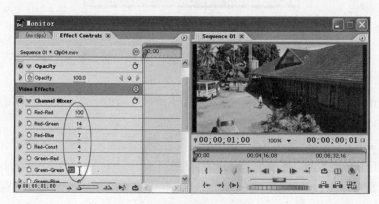

图10-6 设置参数得到相应效果

10.2 关键帧动画的设置

10.2.1 关键帧设置

Premiere Pro会在影片片段的任意一点加上一个关键帧，一旦在该片段的其他位置调整了特效数值，这时就产生了一个新的关键帧。而当播放素材时，计算机会自动运算关键帧间的插值，这样便可看到变化的过程。

1.单击Red-Green前的 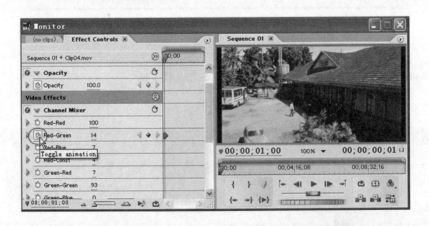 钮（自动关键帧钮）（Toggle animation）变为 钮 增加一个关键帧，如图10-7所示。

图10-7 给视频效果加上关键帧动画的方法

2.拖拉Timeline（时间线）窗口的Timeline（时间线）指针，拖拉到 ▼00;00;36;25 位置。改变Red-Green的数值为-6，得到想要得到的效果，如图10-8所示。

107

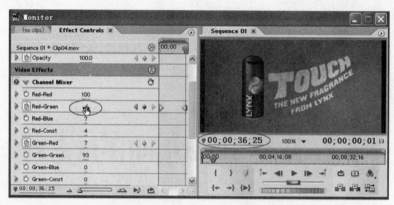

图10-8 改变参数数值,加上关键帧动画

3.以同样的方法可以对特效的各种数值进行关键帧的设置。这样就完成了关于视频特效的制作,得到自己理想的视频特效。对于具体的设置如图10-9所示。

图10-9 具体参数效果设置

10.2.2 时间线窗口中的关键帧面板

1.单击Vidio和Audio各轨前的 ▶ 按钮,展开视轨和音轨,如图10-10所示。

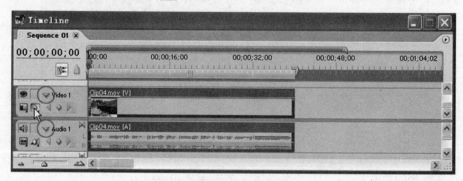

图10-10 在时间线窗口中展开视/音轨

2.关键帧显示钮，点按 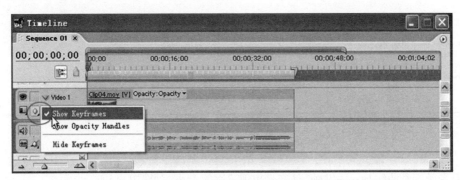，可以显示关键帧模式。在关键帧的模式中有Show Keyframes和Show Opacity Handles，如图10-11所示。

图10-11 关键帧显示模式

3.选择Show Keyframes，在视轨上调出右键下拉菜单，会显示Montion：Position，表示所选择的状态。分别有：Position、Scale、Uniform、Scalerotation、Anchor Point几种，如图10-12所示。

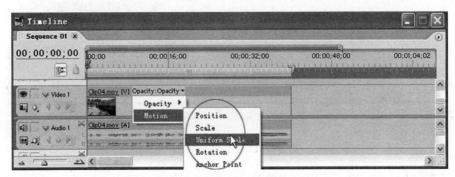

图10-12 几种Motion(运动)方式

4.单击增加关键帧的按钮 ，在透明度黄线上相应位置增加关键帧，使视频出现淡入淡出的效果，如图10-13所示。

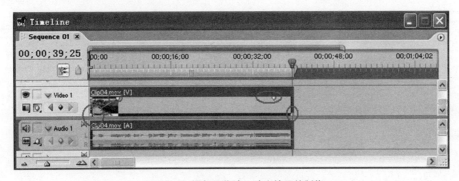

图10-13 视频图像淡入淡出效果的制作

109

5.关于音频的关键帧与视频的关键帧增加的方法相同。在音频关键帧按钮中可以显示波形音量，如图10-14所示。

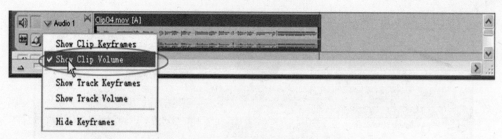

图10-14 显示音频素材音量

6.对音频音量曲线加入关键帧。使音量出现不同的大小，如图10-15所示。

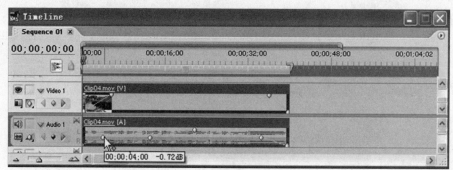

图10-15 对音频音量加入关键帧

7.删除特效

如果要删除加上的特效，有以下三种方法。

（1）History窗口可以进行删除视频特效。

（2）也可以在Effect Controls对话框单击 进行删除。

（3）在Effect窗口中选择相应特效，按Delete键即可。

10.3 其他视频特效介绍

1.单击Project窗口中的Effects，选择其Video Effects前的 ▷ 。打开Video Effects，选择Blur、Sharpen → Channel Blur（通道虚化）效果，如图10-16所示。

2.打开源素材窗口中的Effect Controls窗口，对加入的Channel Blur特效数值进行设置，在这里将改变Red Blurriness的数值为54，Blue Blurriness的数值为16。得到效果为如图10-17所示。

图10-16 选择Channel Blur（通道虚化）效果

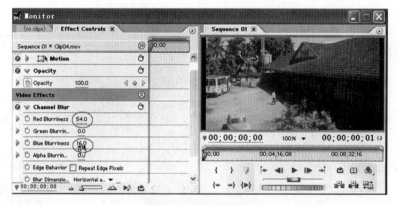

图10-17 调整后的结果

3.选择Blur、Sharpen→Sharpen Edges（锐化边缘）特效，如图10-18所示。

111

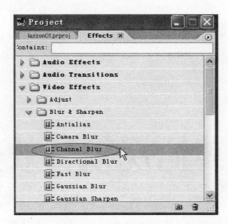

图10-18 选择Sharpen Edges（锐化边缘）特效

4.在Effect Controls对话框中设置，同时在Sequence窗口中观察加入特效的效果，如图10-19所示。

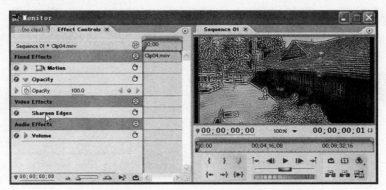

图10-19 选择Sharpen Edges（锐化边缘）的效果

5.选择Channle → Blend（融合）特效，Blend可以设置明暗度，设置关键帧并改变Blend With的数值就可得到淡入淡出的效果，如图10-20所示。

图10-20 设置Blend（融合）特效的关键帧动画

6.单击Vdieo Effects —→ Image Control —→ Black&White特效，这时可以观察到，Sequence窗口已成为黑白图像，如图10-21所示。也可以通过在Effect Controls窗口 对其加入的特效进行关闭。

图10-21 Black&White的黑白效果

7.单击Vdieo Effects —→ Pixelate—→Crystallize特效，拖拉到视频中，可以得到关于Crystallize Settings的对话框。这时就可以对Crystallize进行设置，拖拉"三角形"进行左右的拉动，如图10-22所示。

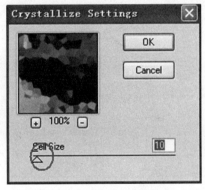

图10-22 拖动三角形调整效果

8.单击Crystallize Settings的"OK"。在Effect Controls窗口中也可以对相关的数值进行设置，在Sequence窗口观察特效的效果，如图10-23所示。

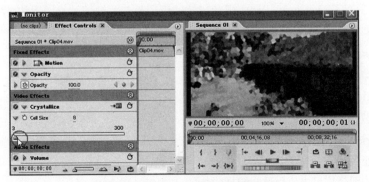

图10-23 在Effect Controls窗口中调整效果

113

9.加入Lens Flare特效（可以在Effect窗口中搜索到），调整其参数，如图10-24所示。

10.同样可以在Effect Controls窗口中调整效果，如图10-25所示。

图10-24 调整Lens Flare特效参数　　　　　　图10-25 在Effect Controls窗口中调整效果

11.加入Lightning特效并调整效果，如图10-26所示。

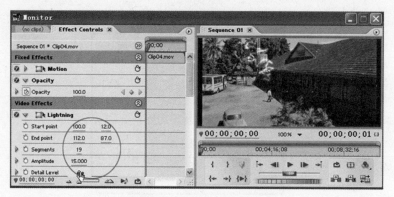

图10-26 加入Lightning(光线)特效并调整效果

本章小结

本章主要学习了Premiere Pro中视频特效的应用及其关键帧动画设置和多种有意思的视频特效。希望大家熟练掌握各种视频特效的应用，并结合自己的创意创作出很好的图像。

思考与练习

1.在Premiere Pro中如何加入视频特效并对其进行调整？

2.如何对视频特效设置关键帧动画？

3.如何删除视频特效？

4.了解其他各种视频特效。

5.在自己的剪辑作品中使用适当的视频特效。

第11章
多轨叠加合成

本章主要介绍Premiere Pro三种基本多轨合成方法。

- Premiere Pro画中画合成
- Premiere Pro抠像［蓝（绿）幕］合成
- Premiere Pro图片遮罩合成

掌握画中画合成、画中画动画、抠像［蓝（绿）幕］合成、遮罩合成。

11.1 画中画合成

1.在Project窗口中导入素材，分别进行在源素材窗口中设置In点和Out点，将它们拖拉到时间线窗口中，如图11-1所示。

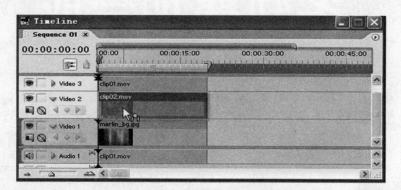

图11-1 将素材加到Timeline（时间线）窗口中

2.单击Monitor→Effect Controls窗口，单击Motion，如图11-2所示。

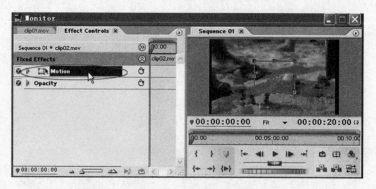

图11-2 在Effect Controls窗口中单击Motion

3.单击 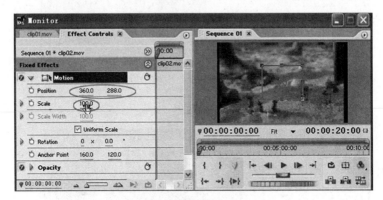 展开Motion，就可以对Motion的各个数值进行设置。从而改变Position的X轴和Y轴，改变Clip(01、02)的位置，改变Scale从而改变Clip(01、02)的大小，如图11-3所示。

图11-3 如图调整Motion的各个参数值

改变Motion的数值的方法有以下两种：

(1) 鼠标左右拖拉；

(2) 双击输入所需要的数值。

这里把Clip01的Position的X轴改变为190、Y轴改变为130，Scale改变为85.0。Clip02的Position的X轴改变为190、Y轴改变为370，Scale改变为85.0，得到想要得到画中画的视觉效果，结果如图11-4所示。

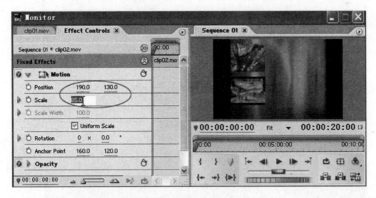

图11-4 调整结果

4.为了得到画中画运动的过程，就要对其进行关键帧的设置。单击 打开便成为 ，并增加关键帧。单击 就可以在需要的时刻进行关键帧的设置。这里在 00:00:00:00 设置关键帧，如图11-5所示。

5.将时间线指针拖拉到 00:00:19:23 处，单击 建立关键帧。并改变Clip01的Position的X轴改变为600、Y轴改变为120，Scale改变为40.0。Clip01的Position的X轴改变为385、Y轴改变为255，Scale改变为110.0，如图11-6所示。

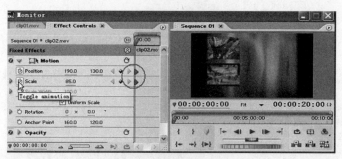

图11-5 设置动画关键帧

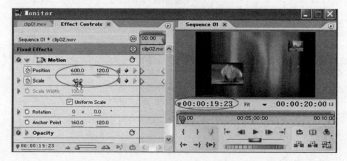

图11-6 在另一时刻设置关键帧，产生动画效果

6.设置完画中画的效果后，还可对Clip02素材设置淡入淡出的效果，如图11-7所示。

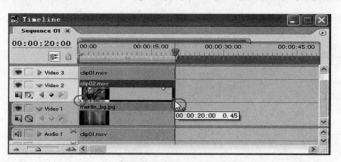

图11-7 设置淡入淡出效果

7.以同样的方法对Clip01、Merlin_bg进行淡入淡出的设置，如图11-8所示，完成制作。

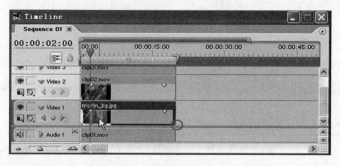

图11-8 对其他素材同样设置淡入淡出效果

11.2 抠像［蓝（绿）幕］合成

在影视制作上有两种抠像合成的方法也非常普遍，这里将对抠像合成的方法进行学习。

1.将素材导入Project窗口，并将其拖拉到Timeline（时间线）窗口中，如图11-9所示。

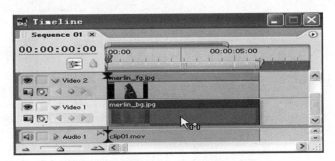

图11-9 导入素材，放到Timeline（时间线）窗口中

2.单击Project窗口中的Effects对话框。选择Video Effects→Keying，如图11-10所示。

3.在Keying的子菜单中有Blue Screen Key和Green Screen Key等，在这里选择RGB Difference Key，如图11-11所示。

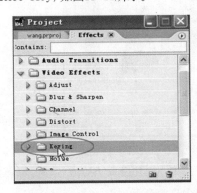

图11-10 选择Keying（抠像）特效

图11-11 选择RGB Difference Key抠像工具，利用颜色差别进行抠像

4.将选择的RGB Difference Key拖拉到时间线视频的的视轨上,如图11-12所示。

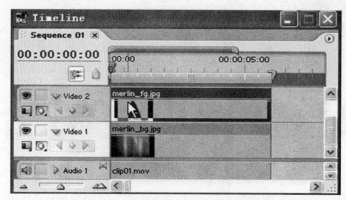

图11-12 添加抠像工具

5.单击Monitor→Effect Controls→RGB Difference Key,单击 ▷ 对RGB Difference Key内的数值进行设置,用Color的 "吸管"工具,如图11-13所示。

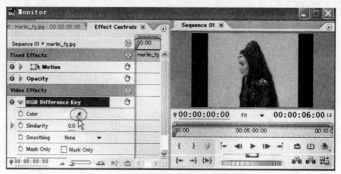

图11-13 展开Effect Controls,选择吸管工具

6.用鼠标左键拖动"吸管"到绿幕上,这时的Color就会变成绿色,如图11-14所示。

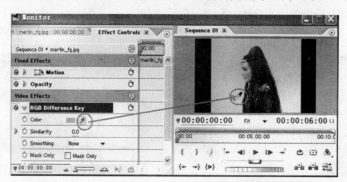

图11-14 吸取绿幕颜色

7.单击Similarity前的 ▷ 对其进行设置,拖动"小三角"将其设置为37.6。这时,绿幕自然消失,Merlin_bg.jpg成为背景,就完成对绿幕的抠像,如图11-15所示。

图11-15 抠像合成结果

专业指点：

还有其他抠像方法，原理都是去掉一定颜色范围的像素，可以自行试验。

11.3 图片遮罩合成

在合成影片时常常会希望有一影像是放入在不规则形状或特殊形状的图片里，这时就会使用图片遮罩。

1.先利用绘图软件制作一张椭圆形状的灰度图形文件，尺寸大小为720×576，如图11-16所示。

专业指点：

如果遮罩图片和素材图像尺寸不相同，则不能得到正确的合成结果。

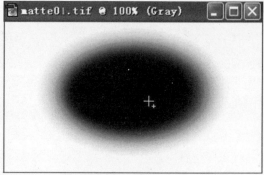

图11-16 椭圆形灰度图matte01.tif

2.在Project窗口中单击鼠标右键，导入素材，如图11-17所示。

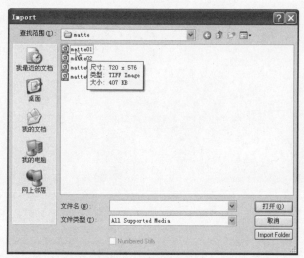

图11-17 导入该图像文件

3.将素材导入Project窗口，并将其拖拉到时间线窗口中，如图11-18所示。

4.单击Project→Effect→Keying，如图11-19所示。

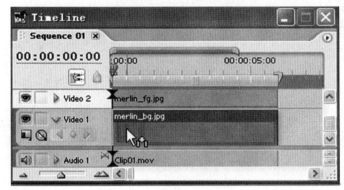

图11-18 导入Merlin(bg、fg)素材

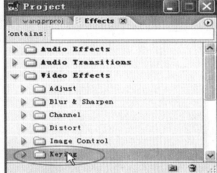

图11-19 打开Keying特效工具

5.在Keying前单击 ▷ 展开Keying，选择Image Matte Key，如图11-20所示。

6.将Image Matte Key特效拖拉到merlin_bg.jpg上，如图11-21所示。

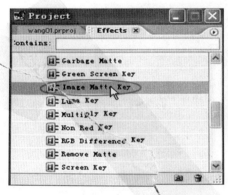

图11-20 选择Image Matte Key特效

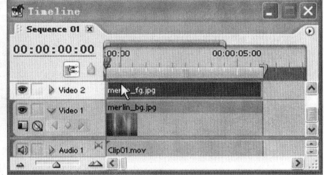

图11-21 将Image Matte Key特效拖拉到merlin_bg.jpg上

7.在Monitor窗口中，单击Effect Controls→Image Matte Key→Setup，如图11-22所示。

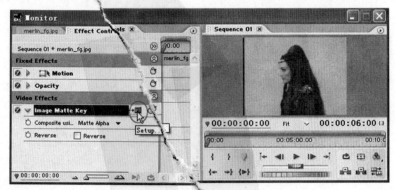

图11-22 单击Setup按钮

8.在Import对话框中将matte01导入到Image Matte Key中，如图11-23所示。

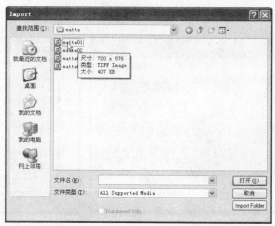

图11-23 选择matte01图片作为遮罩

9.在Image Matte Key的Composite usi选项下选择Matte Luma（挡板亮度），如图11-24所示。

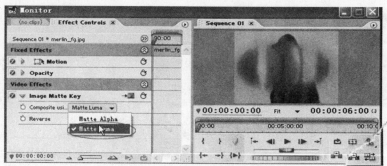

图11-24 选择Matte Luma（挡板亮度）作为遮罩信息

专业指点：

这时椭圆背景出现，如果需要出现前景，则需要进行反转设置。

10.单击Image Matte Key→Reverse，就得到正确的结果。可以按空格键对特效进行预览，如图11-25所示。

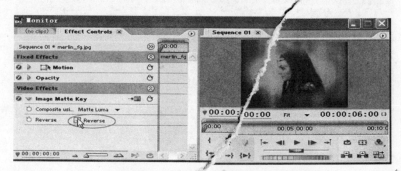

图11-25 反转遮罩后得到的正确结果

本章小结

　　本章讨论了Premiere Pro中三种基本的多轨合成方法，它们是画中画合成、抠像［蓝（绿）幕］合成、遮罩合成这三种多轨合成方法及其动画制作在影视后期制作中同样应用非常广泛，希望大家熟练掌握。

思考与练习

　　1.掌握上述三种多轨叠加合成的基本操作方法。
　　2.创作多轨叠加合成的剪辑作品。

第12章
字幕处理

主要内容

本章将介绍Premiere Pro中字幕功能的应用。

本章重点

- 使用Premiere Pro字幕的工具
- 字幕的动画设置

本章目标

- 了解字幕工具
- 掌握调整字幕、淡入淡出、移动效果、
  其他字幕动画的处理方法

12.1 使用Premiere Pro的字幕工具

1.在一个已经打开的Project里，选取File→New→Title打开Title字幕工具（或者直接按快捷键F9），如图12-1所示。

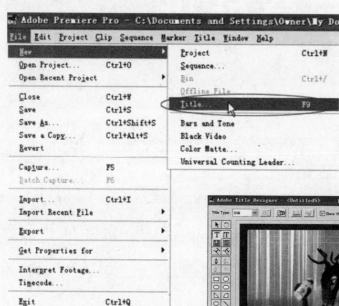

图12-1 使用菜单命令，打开字幕工具

此时，会弹出Title Designer的对话框，如图12-2所示。

图12-2 菜单设计对话框

2.此时,可以直接在图中想要加字幕的地方单击鼠标左键,接着就可以直接输入字幕的内容,用中文输入"鹿宝宝"三个字,如图12-3所示。

图12-3 输入文字,选择适当字体

专业指点:

字体不是中文格式时,中文不能正常显示,此时要改变右上角Font选项中的字体设定,选中支持中文的字体。

3.在对话框左上角的Title Type 选项中,有Still、Roll和Crawl三种字幕运动类型可供选择,如图12-4所示。

图12-4 选择适当字幕运动类型

4.如果选择Roll或者Crawl类型的话，还需要单击右边的Roll/Crawl Option按钮，打开Roll/Crawl Option对话框，对Roll和Crawl的设置进行调整，如图12-5所示。

图12-5 具体设置

5.对话框下方的Styles选项框中有些可供选择的字幕风格，如图12-6所示。

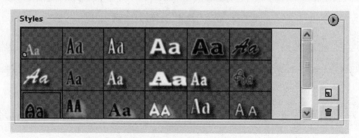

图12-6 选择不同的风格

6.右方的Object Style选项框中可以调节字幕的大小、间距、倾斜度、扭曲、阴影等各方面设定，如图12-7所示。

图12-7 调节字幕的大小、间距、倾斜度、扭曲、阴影等

7.右下方的Tansform 选项框可以调节字幕的透明度、位置和旋转等。如图12-8所示。

图12-8 调节字幕的透明度、位置和旋转

8.在完成字幕的初步设定后,可以关掉对话框,此时,字幕素材会直接加在左上方的素材框中。此时,用鼠标左键选中素材框中的字幕素材,就可以直接把它拖动到Timeline(时间线)窗口中想要加入字幕的素材位置,如图12-9所示。

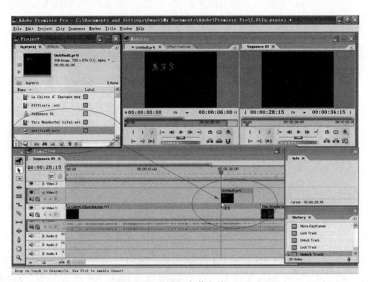

图12-9 添加字幕文件

131

12.2 字幕的动画设置

12.2.1 淡入淡出

字幕的淡入淡出是较为常用的一种字幕效果,下面介绍设定字幕淡入淡出的方法。

直接在Timeline窗口上加入关键帧可以实现字幕的淡入淡出。

1.在Timeline窗口中直接选中字幕,然后点开Video2前边的三角图标,在下方会出现关键帧显示按键,此时选中关键帧显示按键,选择显示关键帧,如图12-10所示。

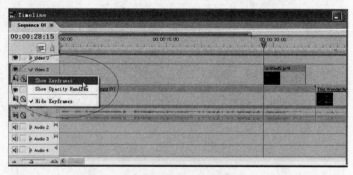

图12-10 选择显示关键帧

2.通过先在Timeline窗口上选定位置,然后单击左边的Add/Remove Keyframe的方法,就可以在字幕素材中想要的位置加入关键帧。在字幕视轨上加入了四个关键帧,如图12-11所示。

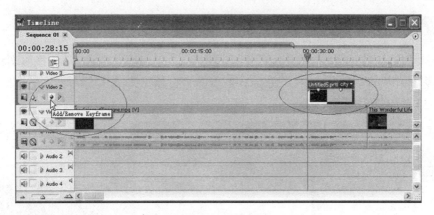

图12-11 在字幕视轨上加入四个关键帧

3.用鼠标在关键帧上按下左键向下拖动, 如图12-12所示。

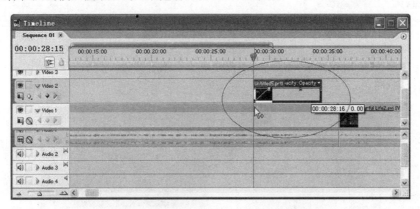

图12-12 用鼠标在关键帧上按下左键向下拖动

4.当关键帧呈梯形分布时, 就已经实现了字幕的淡入淡出效果, 还可以继续用鼠标调节关键帧, 调整字幕淡入淡出的时间, 如图12-13所示。

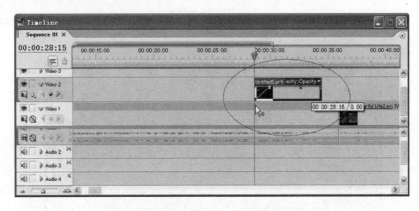

图12-13 调整淡入淡出效果

12.2.2 字幕的大小变化及移动效果

在素材预览窗口中的Effect Control中可以设定字幕的大小变化以及字幕的移动效果。

1.在素材库里选中字幕素材，将它拖入右边的素材预览窗口中，再单击窗口上方的Effect Control 选项，如图12-14所示。

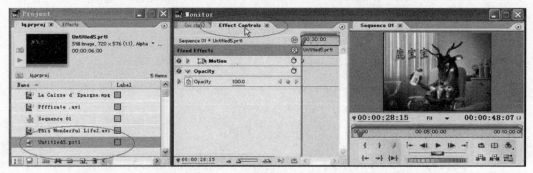

图12-14 选择Effect Control 选项

2.出现Motion和Opacity两组设定，单击左边的三角形按钮，可以进行字幕运动和透明度的设定，如图12-15所示。

图12-15 字幕运动和透明度的设定

3.单击Position左边的圆形按钮，可以进行字幕位置移动的设定。单击后，在Position的坐标后会出现添加/删除关键帧的选项，如图12-16所示。

图12-16 设置位移关键帧

4.可以和前面讲到的过程一样,在窗口右边的字幕Timeline窗口上加入关键帧,并通过调节关键帧的Position坐标的数值,来设定字幕的移动效果,如图12-17所示。

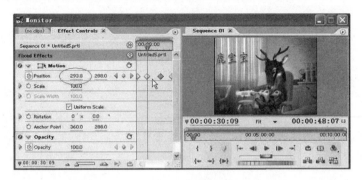

图12-17 几种设置关键帧的方法

专业指点:

在改变坐标值大小时有两种方式。可以在数字上按下鼠标左键不放,通过左右移动来调节数值的大小;可以在数字上单击鼠标左键,然后在出现的空白中用键盘输入数值的大小。

用同样的方法可以制造出字幕的Scale大小变化、Rotation角度变化、Opacity透明度变化等效果。

前面介绍的字幕的淡入淡出效果即是对Opacity透明度变化的一种设定。因此,也可以通过这种方式来实现字幕的淡入淡出效果。完成设定后,可以在右边的Sequence 01窗口中预览字幕的效果。

本章小结

本章学习了Premiere Pro软件中字幕工具的应用及其动画设置,大家应该多观察影视动画中常用的字幕效果,并在软件中进行尝试实践。

思考与练习

1.在Premiere Pro中如何添加字幕并进行调整?

2.如何制作简单的字幕动画?

3.给自己的剪辑作业加上字幕。

第13章
音频处理

本章介绍Premiere Pro对音频的处理功能。

● Premiere Pro音频模块和基本应用
● Premiere Pro 音频剪辑应用

掌握捕捉音频、输出音频、分离视/音频、编辑
音频、混音器功能、音频特效等知识。

13.1 捕捉音频

1.选取File→Capture，或直接按F5，会弹出Capture对话窗，如图13-1所示。

2.点击Capture后选取Audio的选项，再在Setting中选好相应的设定，就可以从录像机或是其他音频播放设备中捕捉音频文件，如图13-2所示。

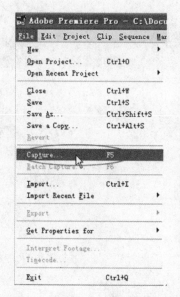

图13-1 命令菜单调出音频捕捉对话框

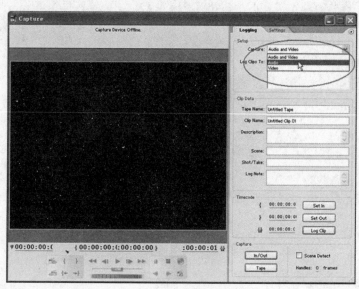

图13-2 设置并进行捕捉

13.2 输出音频

1.从File→Export→Audio选择输出音频，如图13-3所示。

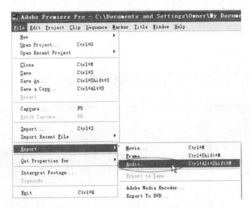

图13-3 菜单命令输出音频

2.此时会弹出Export的对话窗，选择Setting，可视制作的需求，决定音频的品质和格式，如图13-4所示。

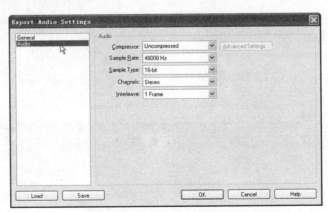

图13-4 设定格式输出音频

13.3 分离视频与音频

一段影片通常包括影像和音频，当把影像素材放到Timeline窗口上时影像和音频会一并放入Video和Audio轨中，如果要裁剪或移动，两者也会一起变更。如果剪切时不需要原音，或是想要编辑原声，就要先将影像与音频分离，才能各自编辑。

在Timeline窗口上选取影片，单击鼠标右键，在弹出的菜单中选择Unlink Audio And Video，这样就可以独立地编辑影像和音频，如图13-5所示。

图13-5 鼠标右键菜单，分离视频音频

13.4 编辑音频

在Timeline窗口中的音轨中，可以直接对音轨作出简单的编辑。

1.选择左角上的Show Waveform，可以打开音波振幅显示，大致可以看出音量及音频频率，如图13-6所示。

图13-6 选择Show Waveform，显示音波波形

2.可以通过增加和调节音轨上的关键帧，来实现音频的渐强渐弱效果，如图13-7所示。

图13-7 设置音频的渐强渐弱效果

3.增加关键帧后，可以直接拖动黄色的横线，来调节音量的大小。如图13-8所示。

图13-8 调节音量大小

专业指点：

在两段音乐之间，可以增加交叉渐出入效果，更加自然地实现不同音乐的过渡。

4.单击Project中的Effect选项，在选定Audio Transitions下的crossfade效果模块，如图13-9所示。

图13-9 选定Audio Transitions下的crossfade效果模块

　　5.在Constant Gain上按住鼠标左键不放，将其拖到想要增设交叉渐出入效果的两段音轨之间，如图13-10所示。

图13-10 加入Constant Gain效果

　　6.在两段音轨之间出现一个交叉渐出入效果的矩形标示，选中这个矩形标示再打开素材浏览窗口的Effect Control对话框，可以对交叉渐出入效果的时间长短以及切入点的位置等属性进行编辑，如图13-11所示。

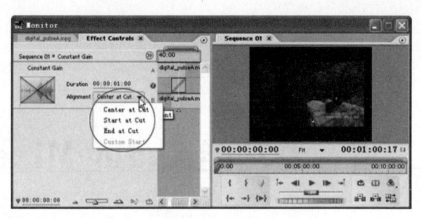

图13-11 设定过渡方式

这样，就自然地实现了不同的两段音乐之间的自然过渡。

13.5 混音器功能Audio Mixer

混音器可以将许多音轨,按照需求,调节每一轨音频的音量变化。

1.把音乐素材拖到不同的音轨,可以实现同时播放的效果。如果音轨数量不够,可以在左边的控制板上单击鼠标右键,选择Add Track,如图13-12所示。

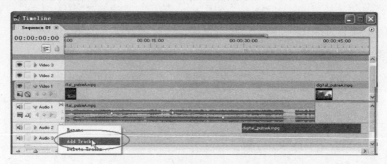

图13-12 在时间线窗口中添加音轨

2.在Window菜单中选择Audio Mixer,如图13-13所示。

3.打开Audio Mixer窗口,并对Audio Mixer的使用进行设定,如图13-14所示。

4.当素材在预览窗中播放时,就可以用混音器调节不同音轨的音量和进行声道控制了,调节的结果还会自动写入音轨中,如图13-15所示。

图13-13 在Window菜单中选择Audio Mixer

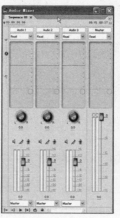

图13-14 Audio Mixer窗口

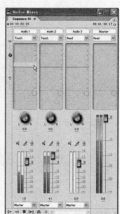

图13-15 对不同音轨进行调整

13.6 音频特效

在Premiere Pro的Audio effects中，提供了很多不同的音频特效，可以增强音乐和影片的效果。

1.单击Project窗口的Effects选项，会出现特效的选项框，此时打开Audio Effects选项，如图13-16所示。

根据想要加入特效的音频素材本身的格式，选取相应格式的音频特效。我们这里选的是Stereo。

2.用鼠标左键把想要的音频特效拖入左边的Monitor的Effect Control中，这样，Effects Controls的Audio Effects中就会出现已经选中的音频特效选项，如图13-17所示。

图13-16 打开Audio Effects选项

3.单击音频特效左边的三角形按钮，可以对已选的音频特效进行更详细的调整和设定，如图13-18所示。

图13-17 加入音频特效

图13-18 展开选项
对音频特效进行调整

本章小结

本章介绍了Premiere Pro的音频模块和基本应用, 关于声音的处理其实非常重要, 感兴趣的同学还可以参考影视声音和录音方面的资料。

思考与练习

1.熟悉Premiere Pro中对音频的基本处理功能。

2.给自己的剪辑作品加上适当音频。

第14章
渲染输出

Premiere Pro支持多种类图像文件的输出和多种
数字图像压缩方式，本章将对其进行介绍。

● Premiere Pro 渲染输出

● 掌握渲染输出、压缩编码等知识
● 了解DV录像带、DV Avi文件、DivX Avi文件

14.1 从Premiere Pro输出到录像带

流程分析

连接DV到电脑 (1394接口)，将DV切换成录像模式

↓

在Premiere Pro中设置正确视频格式 (PAL/NTSC)

↓

渲染生成并输出结果

如果电脑带有IEEE 1394接口和DV摄像机连接，可以利用Premiere Pro的控制台操控DV摄像机来进行输出，操作如下。

1.连接DV接口到电脑的IEEE 1394接口上。

2.将DV切换成录像模式 (REC)。

3.打开Premiere Pro的Project菜单，选取General，如图14-1所示。

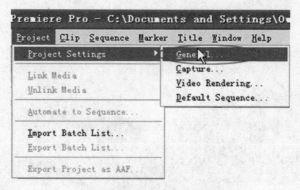

图14-1 菜单命令，选择General选项

此时，会弹出一个Project Setting对话窗口，如图14-2所示。

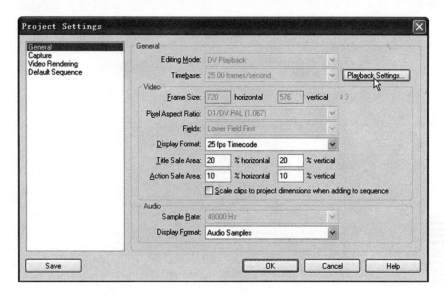

图14-2 Project Setting对话窗口

4.单击Playback Settings按钮，可以调整影像输出的格式和设置。如图14-3所示。

5.在Edit中的Preferences中对Device Control进行设置，如图14-4所示。

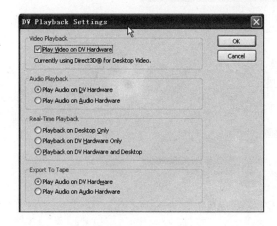

图14-3 设置Playback Settings

图14-4 调出Device Control（设备控制）窗口

6.对设备进行如下设置后,按下OK键关闭设置窗口,如图14-5所示。

专业指点:

我们国家的视频标准是PAL制,DV视频也不例外。

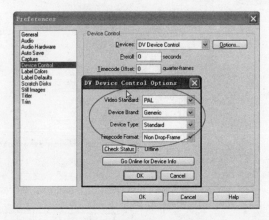

图14-5 对采集视频进行正确设置

7.单击File中的Export to Tape则可以把影片输出到录像带上,如图14-6所示。

专业指点:

输出前,不同类型的素材都需要渲染成DV编码方式的avi文件,需要一定的时间。

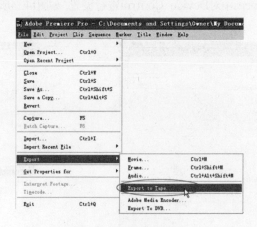

图14-6 输出结果到录像带

14.2 输出成AVI等图像文件

流程分析

选择输出命令 (Export → Movie)

↓

设置输出文件格式

↓

设置编码方式

↓

渲染生成

14.2.1 常规操作过程

1.选择Export中的Movie选项，如图14-7所示。

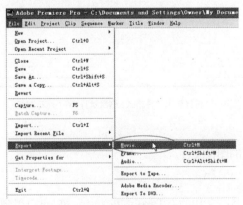

图14-7 菜单命令输出

2.在出现Export Movie的窗口中单击右下角的Setting选项，如图14-8所示。

图14-8 选择Setting，打开相应窗口

3.在Setting窗口中的File Type中可以按照具体的需要选择不同的输出格式，在这里我们先选择Microsoft DV Avi的图像文件，如图14-9所示。

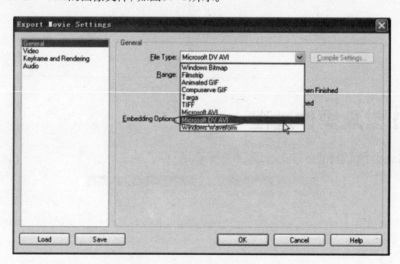

图14-9 选择输出文件格式，这里选择DV Avi文件格式

专业指点：

可以输出以下几种常用的图像文件。

（1）序列帧文件

序列帧文件是图像序列帧，常用的有Targa、Tiff、Jpg等，可以得到无压缩最好质量的图像，

但是没有声音。

(2) Microsoft Avi文件

Microsoft Avi是微软公司推出的音视频混合编码的图像文件，可以包括声音，还有不同的编码压缩方式，是PC平台上最为常用的图像文件格式。

(3) Microsoft DV Avi文件

这种文件采用DV的编码方式，只有这种文件才能输出到DV录像带上。

4.在Range中可以调整输出影片的时间范围，如图14-10所示。

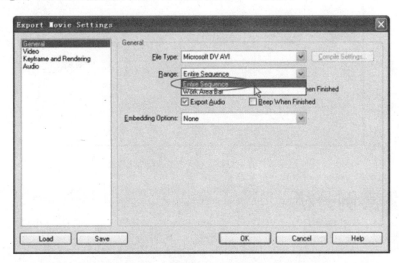

图14-10 设定输出时间范围，包括要不要输出声音等选项

5.单击左上角的Video，可以对Video的格式等进行设置，如图14-11所示。

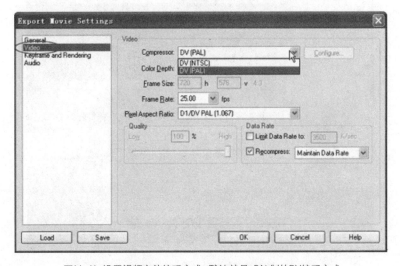

图14-11 设置视频文件编码方式，默认就是 PAL制的DV编码方式

153

6.完成所有的设定后,单击保存,设定文件名称,就可以进行渲染输出,如图14-12所示。

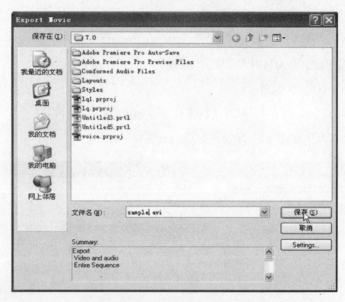

图14-12 设定好路径和文件名进行渲染输出

14.2.2 实例分析

1.我们输入素材到Premiere Pro软件中,如图14-13所示。

图14-13 输入素材到Premiere Pro中

2.将素材加到时间线窗口中，选择任意一段，输出为Tiff图像序列，如图14-14所示。

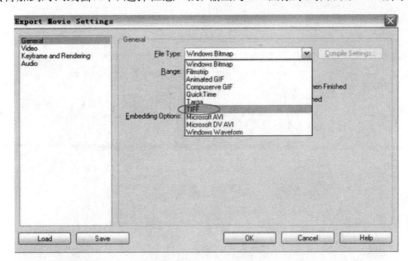

图14-14 输出为Tiff图像序列

3.得到的图像序列如图所示，图像质量最好，但是不能带上声音，且文件所占磁盘空间较大，如图14-15所示。

图14-15 得到的Tiff图像序列，每帧文件约1M (720×576)

4.在时间线窗口中设定长度为5秒的工作区域,将素材渲染成Microsoft DV Avi图像文件,如图14-16所示。

图14-16 在时间线窗口中设定长度为5秒的工作区域,并渲染成名为DV01的Avi图像文件

5.播放文件,可以看到DV Avi的文件图像很好,占用磁盘空间较大,如图14-17、图14-18所示。图像质量非常好,这也是进行DV录像带输出需要得到的图像文件。

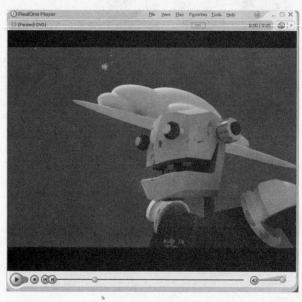

图14-17 使用RealOne工具播放DV01.avi文件

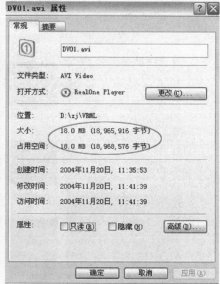

图14-18 DV01的文件大小为18M

专业指点：

这里我们可以得出DV Avi的图像文件需要的磁盘空间，5秒钟占用18M空间，则有：

1秒—3.6M（大约）

DV压缩编码方式处理图像时，图像色彩越丰富，压缩后的图像越大，反之，图像色彩越简单，压缩后的图像越小，因此每帧DV图像大小是不相同的，还可能差别很大。

1分钟—210M（大约）

实际拍摄的DV图像比动画图像的色彩要丰富，一般我们拍摄1分钟的DV图像，经过1394火线无损失采集到电脑，占用大约200~400M的磁盘空间。

这样我们就知道如何根据需要制作的节目量来配置电脑硬盘存储空间了。

6.接下来输出DivX5（MPEG-4）编码方式的Avi文件，首先选择Microsoft AVI的文件格式，如图14-19所示。

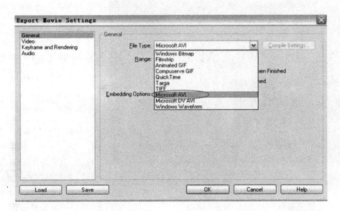

图14-19 选择输出Microsoft AVI的文件格式

7.在Video设置选项中，选择DivX Pro 5.02的编码压缩方式，取名为DivX.avi，进行渲染输出，如图14-20所示。

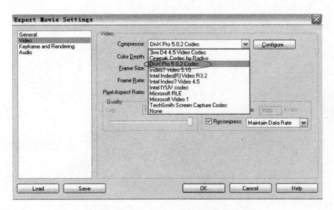

图14-20 选择DivX Pro 5.02的编码压缩方式

157

专业指点：

DivX是根据MPEG-4标准开发的一种图像编码压缩工具，压缩速度快，压缩比大，图像质量较好，因此我们在制作小样时，经常可以选择这样的工具。

要播放DivX编码方式的Avi文件，需要安装DivX播放插件，然后用Windows系统的媒体播放器就可以播放了。

8.播放DivX.avi文件，可以看到图像质量有一定损失，但损失不大，而文件非常小，如图14-21、图14-22所示。

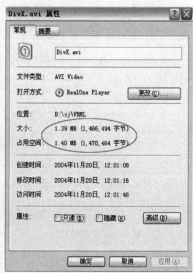

图14-21 图像质量有一定损失，但损失不大   图14-22 文件只有1.39M，非常高的压缩比

14.3 输出DVD

流程分析

选择输出命令 (Export → Export to DVD)

↓

设置编码方式

↓

渲染生成

Premiere Pro可以直接输出DVD, 简单介绍如下。

1.选取File→Export→Export to DVD, 如图14-23所示。

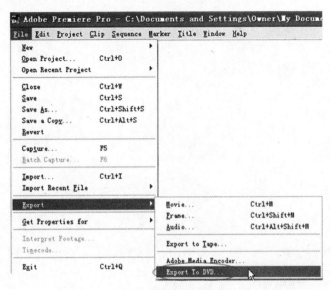

图14-23 菜单命令输出DVD

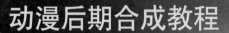

2.在完成相应的设置后就可以开始把影片输出到DVD上，如图14-24所示。

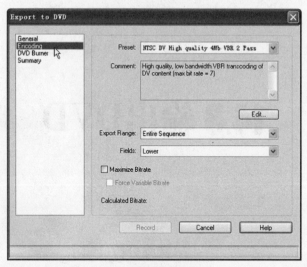

图14-24 进行相应设置

14.4 输出流媒体文件
(RM、WMV等)

流程分析

选择输出命令 (Export → Adobe Media Encoder)

↓

设置输出文件格式

↓

设置编码方式

↓

渲染生成

现在网络平台上的视频图像内容越来越发达，我们制作的图像产品经常也需要压缩成分辨率较小的流媒体文件发布到网络上，Premiere Pro提供了诸如RM、WMV等多数常用的流媒体文件压缩编码工具，接下来我们就将相同的素材渲染输出成RM的流媒体文件格式。

1.使用菜单命令File/Export/Adobe Media Encoder，调出Adobe提供的流媒体压缩编码工具，如图14-25所示。

图14-25 菜单命令File/Export/Adobe Media Encoder

2.在弹出的对话框中，设置文件格式为RealMedia（RM），如图14—26所示。

图14—26 设置文件格式为RealMedia

3.设置相关流媒体参数，可以选用RM9 PAL download 128的标准，如图14—27所示。

图14—27 选用RM9 PAL download 128的标准

专业指点：

RM流媒体的标准包括最大帧速率、每秒最大数据流量，平均数据流量等。

4.用RealOne工具播放输出的RM文件，图像非常不错（320×240），文件非常小，只有46.4K，如图14—28、图14—29所示。

图14-28 播放RM文件　　　　　　　　　　　　　　图14-29 5秒的图像只有46.4K

专业指点：

rm和rmvb只是不同的文件扩展名，都是RM格式的文件，也可以直接改变这两种扩展名，内容完全不变。

本章小结

本章我们全面深入地讨论了将Premiere Pro的编辑结果渲染输出到各种载体上的方法，尤其是多种数字图像文件及压缩编码方式，需要大家按照实例多去实践，结合相关数字图像理论知识，深刻理解各种数字图像的特点，并在实际创作中灵活运用。

思考与练习

1.掌握Premiere Pro的几种主要输出方法。

2.将自己的剪辑作品输出到不同的载体上。

第15章
常见问题解决和
常用快捷键

本章对Premiere Pro常见问题进行解答并列举出常用快捷键。

● Premiere Pro 常见问题解决
● Premiere Pro 快捷键使用

● 掌握Premiere Pro操作技术

15.1 Premiere Pro常见问题和技巧

1.在输出后画面为什么有锯齿型,过渡边缘不清晰?

答:多数是你在项目设置中,Fieldx场的设置不正确造成的,应该在下拉菜单中选择No Fieldx选项(项目设置与输出设置不一致的情况下,也容易出现锯齿,所以设置的时候要注意二者的一致),请参阅帮助说明中项目设置里面的第6条。再有,如果你应用了好莱坞插件,输出的特效画面有些锯齿型的粗糙现象是比较正常的,因为我们是用软件来压缩的视频,如果用硬件视频压缩卡来输出,效果将大大地提高,输出画面质量会很好,但视频压缩卡都是很贵的。

2.预览速度为什么很慢?

答:在Preview的下拉菜单中选择From RAM选项,从内存预览(建议用PR6.5版,勾选 project setting>keyframe and rending>real time preview),不要选择从磁盘预览。这样预览速度将会显著提高,前提是你的内存一定要大。

3.视频输出的时间太长了,有办法缩短输出时间吗?

答:是的,Premiere在输出视频文件时的时间的确很长,要想彻底地改善,你可以买一块视频压缩卡来输出,大约是1:1的实时输出。如果你没有资金购买,可以通过以下办法解决:首先注意你输出的视频文件的画面尺寸,不要过大,我们做VCD画面尺寸保持为352×288就可以了,太大的画面,在输出时是影响速度的首要因素,Premiere Pro处理会很慢的,当然影响输出时间。如果有必要,尽量缩小输出画面尺寸设置,将提高输出速度,缩短输出时间;其次,你编辑的项目占用轨道也要尽量少,编辑轨道越多,输出时间也越长;再次,如果你应用了大量的滤镜设置及外部插件,也将影响输出速度。我们用软件输出视频文件,时间长是正常的,你只须注意以上几方面的问题,就会提高输出速度,缩短视频输出的时间了。最后告诉你一个经验之谈,就是格式为BMP的静止图片在输出时速度是最快的。还有,尽量在素材特效处理上先输出视频再替换到模板中可大量节省时间。

4.为什么编辑的图片素材拖放到轨道上都是6秒（150帧）？

答：这个时间是Premiere Pro默认的静止图片的时间，你可以改变这个设置，选择Premiere中Edit菜单下的Preferences选项的子菜单General and still Image命令，在弹出的Preferences对话框中，改变Still Image下的数值即可。要使改变生效，关闭Premiere Pro重新启动机器才能生效。如果导入Gif格式的序列文件，要把数值设为1帧，导入文件到轨道中，才能保持原文件的动画帧数。

5.我导入的照片为什么变形了？（或照片两边出现黑框是怎么回事？）

答：是因为照片的画面尺寸与我们项目编辑中的监视器画面尺寸不一致造成的，两者的比率不一致，所以在监视器中看照片变形了。照片两边出现黑框也是这个原因，区别是照片的图案没有变形。解决方法：你可以用制图软件处理一下照片，尺寸设为352×288就可以了，对于竖幅照片，你可以增加背景衬托两侧的（根据大多数模板的设计特点，最好是为768×576）空白处，或重新制作照片为横幅，但尺寸要保持为352×288。

6.我们选用的图片像素多大才合适？

答：我们选用的图片的分辨率在72dpi以上就可以了，太高的分辨率没有用处，通常选择在100~150dpi的值之间即可（普通整张照片扫描时用150dpi，若只截取照片的一部分，则要适当加大，否则在有的摇镜头或扩大局部的特效里，图像会有明显的锯齿）。

7.为什么Premiere Pro不能输出MPEG格式的视频文件？

答：其实Premiere 6.0版本是可以输出MPEG格式的视频文件的，不过是依靠自带的插件输出罢了，但是效果不是很好。你可以选择外挂插件来输出MPEG格式的视频文件，输出质量最好的是TMPGEnc。很多网友公认它的输出质量最好，就是安装和使用麻烦。panasonic_mpeg1_encoder_plug-in_v251，速度快，输出质量也很好，输出过程就像是Premiere本身一样，再有应用广泛的LSX-MPEG也不错。你选择其一安装，就可以在Premiere中输出MPEG格式的视频文件了。

8.从VCD上截取一段音乐，MP3格式，可为什么我在导入Premiere的时候，提示不支持此格式而无法导入？而我导入别的MP3时就可以呢？

答：用超级解霸压的MP3会调不进PR。

9.在用pm制作相册时发现我的照片被撑大了，都成了小胖子，在ps里改变图像大小后352×288也是这样，不用到pm就已经变形了，该怎么做？

答：在PS做成352×288的图要先新建一个352×288的图，然后将照片贴上去进行等比例缩放，不能直接改变图像大小。在PR中要在Video Options中选Maintain Aspect Ratio来保持照片原比例。

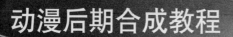

10.怎样才能使photoshop生成的tga文件，在Premiere看可以透明的文件？

答：在Photoshop中做tga带Alpha通道要使用蒙版，比较麻烦，但PSD来得快，Photoshop和Premiere Pro是一个公司的，同时打开两个软件，在PS中修改PSD图，结果在PR中可以立刻看到合成结果，非常方便。

11.在做电子相册的过程中如何同时预览音频、视频？

答：那要让电脑处理一下，要想实时预览之前请按一下回车，让电脑走完后就可以同时预览音/视频了。

12.用Premiere Pro预演效果时出现:有一个错误的文件存在,写入文件错误(磁盘是否满了?) 出现了这样一句,这是软件有问题还是什么?请教有办法解决吗?

答：预览前保存项目的时候不要用中文的文件名，当然也有可能是磁盘问题。

15. 2 Premiere Pro功能分类
快捷键一览

在Movie Capture和Stop Motion视窗中, 我们可以使用下面的快捷键捕获视频。

*表示仅仅在捕获时有设备控制的时候使用。

视频捕获 操作	快捷键
录制	G
停止	S
快速进带*	F
倒带	R
定点在第一个操作区*	Esc
定点在下一个操作区*	Tab

在Movie Capture和Stop Motion视窗中使用下面的快捷键捕获静止视频。

捕获静止视频 操作	快捷键
录制	G
停止设备 (当有设备进行捕获时候)	S
捕获1到9帧	Alt+数字 (从1到9)
捕获10帧画面	0
删除上一次捕获到的所有帧	Delete

在时间视窗Timeline中使用下表的快捷键。

*表示仅仅在捕获时有设备控制的时候使用。

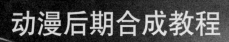
Timeline中使用的快捷键 操作	快捷键
显示整个节目通过肖像尺寸进行循环	^+[Or]
通过轨道格式循环	^+Shift+[Or]
将编辑线定位在时间标尺的零点处	Home
定点在下一个操作区	*双击它

在项目、箱、素材库或者时间线视窗中使用如下快捷键打开素材。

*表示选择choose File→Preferences→General/Still Image命令对素材视窗进行设置。

打开素材 操作	快捷键
在选定的视窗中打开素材*	双击它
用素材视窗打开素材	Alt+双击它

Monitor、Timeline、Movie Capture和素材视窗中使用下表中的快捷键控制走帧。

控制走帧 操作	快捷键
循环打开窗口	^+Tab
前进一帧	2或方向键→
前进5帧	4或者Shift+→
后退5帧	3或者Shift+←
到第一帧	A或↑
到最后一帧	S或者↓
到下一个编辑点	^+Shift+→
到上一个编辑点	^+Shift+←

Monitor、Timeline、Movie Capture和素材视窗中使用如下快捷键控制编辑点。

控制编辑点 操作	快捷键
预演	Enter
播放	空格或者~
从编辑线的出点播放	Alt+~
从编辑线的入点播放	Shift +~
快速播放	按多次~或者L
从Preroll到Postroll两点处进行播放	^+~
到下一个编辑点	^+Shift+→
到上一个编辑点	^+Shift+←
停止	空格或者K

续表

控制编辑点 操作	快捷键
从入点到出点循环播放	^+Shift+~
倒播	J或者^+ Alt +~
刷新而不改变画面	拖动时间标尺
浏览到所有效果（过渡、特殊和附加）	Alt+拖动时间标尺
使用可见的Alpha浏览	Alt+Shift+拖动时间标尺

在Monitor、Timeline或者素材视窗中使用如下快捷键控制入点和出点。

控制入点和出点 操作	快捷键
标记入点	I, E或者^+Alt+↑
标记出点	O, R或者^+Alt+↓
消除入点	D
消除出点	F
同时消除入点和出点	G
移动到入点	Q或者^+↑
移动到出点	W或者^+↓

在Monitor, Timeline或视窗中使用如下快捷键控制帧的编辑。

控制帧的编辑 操作	快捷键
激活当前视频目标轨道上的轨道	^+加号
激活当前视频目标轨道下的轨道	^+减号
激活当前音频目标轨道上的轨道	^+Shift+加号
激活当前音频目标轨道下的轨道	^+Shift+减号
到下一个编辑点	^+Shift+→
到上一个编辑点	^+Shift+←
波纹编辑中到一个帧的左边	Alt +←
波纹编辑中到一个帧的右边	Alt +→
波纹编辑中到5个帧的左边	Alt+ Shift+←
波纹编辑中到5个帧的右边	Alt+ Shift+→
滚动编辑中到一个帧的左边	Alt +↑
滚动编辑中到一个帧的右边	Alt +↓
滚动编辑中到5个帧的左边	Alt Shift+↑
滚动编辑中到5个帧的右边	Alt Shift+↓
更新源素材或者素材视窗来适合	T

在Monitor窗中编辑使用如下快捷键控制素材的浏览。

控制素材浏览 操作	快捷键
在源素材和节目视图中拖动	Esc
在节目中插入原始图像	，(逗号)
在节目中代替原始图像	。(句号)
节目外Lift	/
从菜单中除去原始素材	浏览视图+ Control + Backspace

在Timeline进行编辑 操作	快捷键
循环显示时间模式	^+点击时间标尺
将工作区设置为当前视窗的时间范围	双击工作区
将工作区设置为连续的素材	Alt +单击工作区
设置工作区的开始	^+ Shift+单击工作区
设置工作区在编辑线处开始	Alt + [
设置工作区的结尾	^+ Alt +单击工作区
设置工作区在编辑线处结尾	Alt +]
编辑过渡效果	双击过渡效果
自定义过渡效果 (能提供的情况下)	Alt +双击过渡效果
往左轻微移动整个素材	选择素材, 按住←
往右轻微移动整个素材	选择素材, 按住→
往左轻微移动素材的5个帧	选择素材, 按住Shift+←
往右轻微移动素材的5个帧	选择素材, 按住Shift+→
滑行 (slip) 素材往左一个帧画面	选择素材, 按住^+ Alt +←
滑行素材往右一个帧画面	选择素材, 按住^+ Alt +→
滑行素材往左5个帧画面	选择素材, 按住Alt + Shift+←
滑行素材往右5个帧画面	选择素材, 按住Alt + Shift+→
滑动 (slide) 素材往左一个帧画面	选择素材, 按住Alt +←
滑动素材往右一个帧画面	选择素材, 按住Alt +→
滑动素材往左5个帧画面	选择素材, 按住Alt + Shift+←
滑动素材往右5个帧画面	选择素材, 按住Alt + Shift+→
删除一个素材	选择素材, 按住空格
删除一个素材和它连接的视频或者音频	选择素材, 按住Shift+空格
使用Ripple删除工具	选择素材, 按住Alt + Backspace
删除一个素材的Preview file	选择素材, 按住^+ Backspace
删除Timeline中所有的Preview files	按住^+ Alt + Shift, 然后双击工作区

在Monitor　Timeline或者素材视窗中使用快捷键控制标记markers。

控制标记　操作	快捷键
在编辑线处设置有标号的标记	^+ Alt +数字
在编辑线处设置没有标号的标记	*(键盘上的星号) 或者^+ Alt + =
在鼠标处设置有标号的标记 (在Timeline中)	Shift+ 0 到9数字　(主键盘)
在鼠标处设置没有标号的标记 (在Timeline中)	Shift+*(键盘上的星号)
到下一个标记	^+→
到前一个标记	^+←
到有标号的标记	^+数字
清除一个标记	到标记处,^+ Alt +C
清除所有的标记	^+ Alt +Shift

当使用某一个工具的时候, 按住下面的快捷键来激活相关工具。

Timeline中拖动编辑线　操作	激活的相应操作	快捷键
选择	除了选择工具	^
设置入点	任何	^+Shift
设置出点	Alt	
设置出点	任何	^+ Alt
设置出点	Alt	
放大	Zoom	Alt
Ripple编辑	选择	Alt
滚动编辑	Alt	
滚动编辑	选择	Alt+Shift
边缘修剪	Alt+Shift	
连接取代工具	选择	^
软连接	选择	Shift
边缘修剪	选择	在Timeline中握住素材的边缘
块移动	块选择工具	Shift
块拷贝	块选择工具	Alt
选择轨道	多轨道选择工具	Shift
多剃刀工具	剃刀工具	Shift
滑行	滑动	Alt
滑动	滑行	Alt
渐进调整工具	选择工具	按住Shift, 拖动渐进、透明度和摇移控制
添加默认的过渡效果	选择工具	^+Alt+Shift+点击Video1A/1B中的过渡效果

如下快捷键用来修剪视图。

修剪视图 操作	快捷键
在控制视窗和修剪模式中转换	^+ T
到下一个编辑点	^+Shift+→
到前一个编辑点	^+Shift+←
修剪帧画面的左边	←
修剪帧画面的右边	→
修剪5个帧画面的左边	Shift+←
修剪5个帧画面的右边	Shift+→

如下快捷键用来操作标题视窗。

标题视窗 操作	快捷键
提高文本的大小	^+ Alt→
减少文本的大小	^+ Alt←
提高文本大小数量为5	^+ Alt+Shift+←
减少文本大小数量为5	^+ Alt+Shift+→
提高Leading一个单位	Alt+↓
降低Leading一个单位	Alt+↑
提高Leading5个单位	Alt+Shift+↓
降低Leading5个单位	Alt+Shift+↑
提高/降低Kerning	Alt+→/ Alt+←
稍微移动物体向上、下、左、右1个像素	↑↓←→
稍微移动物体向上、下、左、右5个像素	Shift+↑, Shift+↓, Shift+←, Shift+→
设置背景为黑色	B
设置背景为白色	W
重设颜色和阴影到默认效果	Z
打开draft模式或关闭	~
在物体集合中高层的物体	句号
在物体集合中低层的物体	逗号

音频轨道中的拖动操作,按住下表所示的工具激活另一个相关的工具做音频编辑。

音频编辑 操作	快捷键
摇移	Alt + 拖动蓝色的摇移控制
精确的渐进	拖动红色的渐进控制, 连续拖动
精确的摇移	Alt +拖动蓝色的摇移控制, 连续的拖动

本章小结

本章用表格的形式列出了Premiere Pro软件中若干个常用的快捷键，及了解操作中出现的常见问题的解决，大家熟记这些快捷键能够帮助我们提高工作效率。

思考与练习

1.练习使用快捷键操作。